YIFTACH ASHKENAZY

Die Geschichte vom Tod meiner Stadt

ROMAN

Aus dem Hebräischen von
Barbara Linner

Sammlung Luchterhand

Zum Gedenken an meinen Vater

1

Ich gehe durch diese rötlichgelben Straßen, in diesen kalten Nächten. In stolzem Takt. Dieses Viertel kenne ich nicht, sie haben es gebaut, nachdem ich weggegangen bin. Die Häuser sind aus Jerusalemer Stein, alles geplant und gestaltet. Der Parkplatz liegt unter der Erde, mein Hund war nicht bereit, auf die Drainageschächte zu treten, die deutlich die Tiefe zu den parkenden Autos darunter zeigten. Dieses Viertel könnte genausogut nicht hier sein. Nicht in meiner Stadt. Es könnte in Jerusalem oder vielleicht in einem Vorort wie Mevasseret Zion sein. Es sieht wirklich aus wie ein Viertel, das ich einmal in einer Siedlung dort in den Gebieten gesehen habe. Die Straßen sind lang und verwirrend.

Alles hier ist so durchdacht und geordnet. Die Spielplätze haben sie genau da hingesetzt, wo sie wollten, daß die Kleinen spielen. Als sie hier gerade zu bauen anfingen, war ich mit einem anderen Mädchen in der Nacht dort, um es mir anzuschauen. Ich kam damals von der Armee heim, bestimmt war ich müde und verblödet. Wir fuhren, und wir verloren uns zwischen halbfertigen Häusern, verrückten Baustellenhunden und Wellblech.

Es ist ein merkwürdiges Gefühl, in der eigenen Stadt verlorenzugehen. Ich nehme an, wir liebten uns damals. Ich kenne niemanden, der hier wohnt. Ein Teil der Häuser riecht nach Essen oder Wäsche. Alle Zäune sind grün gestrichen. Ich habe es geliebt, in Mevasseret Zion zu laufen, bis zum Wasserturm, bis zur grünen Linie, zur Waffenstillstandsgrenze. Hinaufrennen, bis die Beine zittern. Bis die kalte, klare Luft eisig wird. Auch dort waren die Lichter rötlichgelb. Seltsam, so viele Menschen, Kinder, Frauen und Männer, die von der Arbeit zurückkehren ohne einen Funken in den Augen, herumgehen und nicht zu mir gehören. Ich kenne ihre Geschichte nicht. Ich bleibe stehen, um am Parkplatz unterhalb der Hauptstraße zu rauchen. Eine junge Frau kommt von der Arbeit zurück und sieht ihre Mutter, um die fünfzig, auf dem Treppenabsatz.

»Mama, was machst du hier?«

»Ich dachte, du bringst Ofek?«

»Nein, Ofek ist bei seinem Vater.«

Die Frau lehnt sich an ihr Auto, einen alten, verbeulten Skoda, halb müde, halb bang vor ihrer Mutter, die die Stufen herunterkommt. Beide haben blond gefärbtes Haar. Die Frau beginnt zu weinen.

»Er wird mich noch mal verklagen. Er will das Auto, und Ofek.«

Sie sieht ihrer Mutter, die stehengeblieben ist, nicht ins Gesicht. Die Frau bemerkt mich anscheinend nicht. Sie ist ungefähr dreißig, ihre Haare sind schlampig gefärbt, und sie ist ein bißchen dick. Mit einem Seufzer steigt sie ganz langsam die Treppen zu ihrer Mutter hinauf. Ich gehe die Straße der Har'el-Brigade entlang. Die Straßennamen hier sind zum Kotzen, aber ich brauche sie, um mich zurechtzufinden. Ich fühle mich wie im ersten Kapitel dieser Kindergeschichte, als der kleine Junge seiner Mutter in den Neubauvierteln verlorengeht, die alle gleich aussehen. Ich gehe im Winter. Ich war schon an kälteren Orten. Ich verlasse das neue Viertel durch die Glasereiruine. Noch immer liegen Scherben auf dem Boden verstreut. Zerbrochene, schmutzige Altertümer. In byzantinischer Zeit stand hier eine Werkstätte für Glasfärberei. Von hier aus wurde das Glas in die Paläste nach Europa verschickt. Heute haben sie hier einen öffentlichen Park mit Rasen, Sträuchern und Bänken angelegt. Die weißen Lichter der Straßenbeleuchtung in dieser Nacht betonen nur die Umrisse der Ruine. Die Bögen und Steine, die nie behauen wurden. Als ich klein war, nahm mein Vater mich und meine Brüder am Schabbat immer zu dieser Ruine mit. Damals gingen wir über ein steiniges Feld. Dornensträucher, gefiederte Cassia, die immer eine Woche vor meinem Geburtstag blühte. Die rote Erde, die zerbrochenen Kreidesteine und Flechten. In dieser Erde wurde mein Vater begraben.

Erst als ich aus dem Viertel herauskomme, beginne ich zu begreifen, wo ich mich befinde. Die Berge sind zu sehen in dieser Mondnacht. Das arabische Dorf gegenüber klettert die Felsen hinauf mit seinen weißen Lichtern, drunten am Ortseingang gibt es ein Feuerwerk. Jemand heiratet dort. Schüsse in die Luft, ich hoffe für sie, daß sie einander lieben.

2

Das bin ich, die Alte vom neuen zentralen Busbahnhof. Ich bin die, die jeden Freitagmittag zwischen zehn und zwei dort auf der Bank sitzt, genau vier Stunden jedesmal. Nein, ich bin keine Witwe und auch nicht alleinstehend. Ich habe zuviel Ehemann. Und auch noch drei Kinder, bezaubernd und erfolgreich zum Ruhme des Staates Israel. Nein, auf sie warte ich auch nicht, sie haben das Militär schon hinter sich. Ich kann Hebräisch, und ich habe keine Goldzähne. Auch in Rente bin ich noch nicht, zu meinem großen Bedauern. Ich arbeite als Apothekerin bei der Ortskrankenkasse in einem der Viertel hier. Im Süden. Manchmal erkenne ich in einem der Soldaten, der in der Schlange aussteigt, ein Kind, das Medikamente einnahm. Sie erkennen mich natürlich nicht. Ich bemühe mich, abseits zu sitzen. Diese ganze Gewohnheit habe ich mir erst im letzten Jahr zugelegt. Vielleicht ist es wegen diesem Krieg, der mich dazu bringt, daß ich mehr für diese netten Soldaten tun möchte. Ich kenne inzwischen schon die Regulären, die jede Woche hier sind. Sicher die Heimfahrer mit der Basis um die Ecke. Es gibt auch die Kampfsoldaten, die müde zurückkommen. Aber am meisten liebe ich Paare. Ich liebe es zu sehen, wie sie an der roten Station auf ihn wartet, immer wieder auf die Uhr an der Fahrplantafel schaut. So sehr auf seine Ankunft wartet. Die Berge anblickt und die Gitter. Die Soldaten sind sich alle so ähnlich. Wie erkennt sie ihren Liebsten? Alle sehen gleich aus, wenn sie in Khaki stecken. So wie alle Leute nackt gleich ausschauen. Schavit habe ich vor zwei Monaten kennengelernt, und vor einem Monat fing ich an, mit ihr zu reden. Am Anfang habe ich bemerkt, daß auch sie jeden Freitag auf der grünen Aluminiumbank saß. Sie war eine Soldatin, der die Uniform nicht schmeichelte. Alles in allem war sie meiner Meinung nach hübsch, so eine Starke. Vorzügliche Gene. Ihre Hände waren immer mit Synthetikfaser bedeckt. Sie traf früh ein, jeden Freitag, normalerweise vor mir, und setzte sich auf die Bank, um die Soldaten zu betrachten.

Nachdem wir einen Monat so zusammen dagesessen hatten, fragte ich sie, ob sie auf jemanden warte. Sie begann zu weinen. Auch sie wartete auf niemanden. Ihre Eltern wußten, daß sie mittags kam, und sie wollte ihnen nicht zur Last fallen. Ich denke, sie ist wie ich, eine Liebhaberin der Romantik anderer. Als wir mit den Soldaten durch waren, nahm ich sie mit in die Apotheke und gab ihr eine Beruhigungspille. Seitdem sind wir Freundinnen. Ich habe sogar daran gedacht, sie zu der Partnertauschparty einzuladen, die mein Mann organisiert. An Silvester. Falls sie bereit ist, sich auszuziehen und ihre vernarbten Hände zu entblößen.

3

Ich verlor meine Jungfräulichkeit in einer Geheimhöhle einen halben Kilometer von meinem Haus entfernt. Bei Tageslicht, draußen und ringsherum Müll. Zwischen den Kolumbarien, kot- und menschenleer. Zu dieser Zeit verbrachten wir die Freitage im Tanz mit Geistern. Es war eine Art Sucht oder Flucht.

Wir waren kaum fünfzehn, versammelten uns immer in der modrigen Höhle, fürchteten uns grundlos vor der Polizei. Die Höhle hatte der Hund von Rotem gefunden. Nachher erklärte uns Paz, daß ihn die Geister gelenkt hätten. Geister beeinflussen Tiere ganz leicht. Wir waren ungefähr ein halbes Jahr vor der ganzen Sache Freunde oder eine Clique geworden. Das war gerade, als ich mich von meinen alten Freunden trennte, nachdem ich einen von ihnen verletzt hatte. Es war in Ordnung, wirklich, sie hatten mich auch vorher schon gehaßt. Rotem war ein hübscher Junge, schätze ich. Er hatte lange, braune Haare. Er hatte Charisma. Er hatte immer irgendeine Freundin, normalerweise eine, die gefrustet und unglücklich war. Ich schätze, wir waren seine Anhänger. Paz war unser Medium. Sohn eines Arztehepaars, das aus Südamerika eingewandert war. Er war das Gegenteil von Rotem. Uncharismatisch, häßlich, verschlossen und jungfräulich wie die Nacht. Die regulären Mädchen waren die große Schir, hübsch und beängstigend. Dann Schabbi, die widerlich dick und in Rotem verliebt war. Rivka und Rachel, die beide aus Amerika eingewandert waren. Rivka war die

Freundin von Rotem. Außer mir, Paz und Rotem kam noch Ran mit uns, der bis vor nicht allzu langer Zeit Rotems bester Freund war.

Als wir die Gräber deiner Klassenkameraden besuchen gingen, die im Krieg gefallen waren, stand ein Regenbogen am Himmel. Irgendwie wissen Friedhöfe immer eine dramatische Kulisse abzugeben. Die Felder des Jezre'eltals waren grün und weit. Was schön von ihnen war. Damals habe ich diese Katze gesehen, und meistens hasse ich Katzen. Sie war niedlich und schnurrte. Als sei sie bewegt, zur Abwechslung lebendige Menschen zu sehen. Wir nahmen sie mit nach Hause. Sie hatte nichts dagegen.

Paz lud sich aus dem Internet, das damals neu, merkwürdig und unlogisch war, ein Sammelwerk herunter, das sich das schwarze Buch nannte. Seiner Behauptung nach war das ein antikes sumerisches Buch, das erklärte, wie man mit den Toten spricht. Wir saßen im Kreis, hielten uns an den Händen. Es gab Kodewörter, um das Tor zu öffnen. Wir hatten eine gemalte Bristolkartontafel und einen Glasbecher, und damit fingen wir an. Wir zündeten Dutzende Kerzen in der Höhle an. Nachdem wir auf konventionelle Art mit den Geistern gesprochen hatten, kamen die nächsten Stufen. Paz bat die Geister, in einen von uns zu fahren. So fuhr zum Beispiel Jim Morrison in Rivka und erzählte uns mit tiefer, zorniger Stimme von seinem Leben und vom Vögeln. Ich und Ran waren die einzigen, die nicht damit einverstanden waren, Geister in uns fahren zu lassen. Es gab ein paar Male, wo die Geister nicht bereit waren, aus jemandem wieder hinauszufahren und in ihre Welt zurückzukehren, und dann sagte Paz andere lange Wörter, die wir nicht verstanden, wobei er versuchte, sich autoritär und stark anzuhören. Am Schluß kehrten sie immer in ihre Welt zurück. Wenn ich jetzt so daran denke, dann war ich zu der Zeit der einzige unter ihnen, der aus einer normalen und funktionierenden Familie kam.

Es gab ein Mal, da beschlossen wir, die ganze Freitagnacht in der Höhle zu bleiben. Wir befragten einen der Geister über die Welt der Toten und die Zukunft. Er sagte, ich sei eine Zwillingsseele von John Lennon, daß ich eine schöne Frau heiraten, berühmt sein und im Alter von siebenundzwanzig sterben würde. Was kann sich ein Junge mit fünfzehn sonst noch wünschen?

Und obwohl ich an diesen Blödsinn nicht glaube, in zwei Monaten werde ich siebenundzwanzig, und ich habe immer noch Angst. In jener Nacht haben wir Tequila getrunken, und ich knutschte ein bißchen mit Rachel, die dann nicht mehr wollte. Nachdem alle schlafen gegangen waren, blieben ich und Rivka noch wach. Sie war nicht gescheit, aber sie war ein guter Mensch, schätze ich. Sie sollte in Zukunft kokainsüchtig werden, als Stripperin arbeiten und religiös werden. Aber in jener Nacht redeten wir. Sie erzählte mir, wie sie mit zwölf ihre Jungfräulichkeit verloren hatte, irgendwo in Texas, glaube ich. Er war siebenundzwanzig, verheiratet und Vater eines Babys. Er sah sie im Restaurant mit ihrer Freundin. Sie war angezogen und geschminkt, als sei sie älter. Er lud sie ein, mit ihm auszugehen. Sie schlüpfte aus dem Fenster ihres Zimmers zu seinem Auto. Er fuhr in einen Park, wo er, nach einer Viertelstunde Gefummel, ihr Kleid hochschlug und in sie eindrang. Rivka sagte zu mir, daß sie nicht bereit dafür gewesen war. Es hat ihr sehr weh getan, er war groß gebaut. Als er fertig war, brachte er sie mit ausgeschalteten Scheinwerfern nach Hause zurück. Den Schluß der Affäre hörte ich nicht. Rotem wachte betrunken auf und nahm Rivka beiseite, in die nächste Grabhöhle. Ignorierte mich. Ich rauchte.

Die Katze ließ sich im Haus nieder und fing an, dick und verwöhnt zu werden. Sie lag sogar mit uns im Bett. Manchmal, wenn wir miteinander schliefen, sah sie uns mit weit offenen Augen an. Wir stritten viel. Du bist immer schnell in die Luft gegangen. Du hast dich über kleine Dinge aufgeregt, die ich tat. Wenn wir schrien, flüchtete die Katze immer und versteckte sich in den Blumentöpfen. Bedeckte ihren Leib mit der schwarzen, saftigen Erde. Insgesamt liebten wir uns sehr.

Ich hatte so ungefähr eine Stunde in dem Nylonschlafsack geschlafen, als ich Rotem und Rivka aus der Grabhöhle kommen sah. Sie bückte sich und ging in die Haupthöhle hinein. Rotem kam und pinkelte neben mir. »Nach dem Vögeln muß man immer pinkeln«, teilte er mir mit, kompetent. Da waren alle schon nach Hause gegangen. Eine angenehm wärmende Wintersonne beschien den antiken Hügel. Die Seancetafel hatten wir verbrannt und in der Erde begraben. Das mußte man, nach dem Buch von Paz.

Eine Woche danach tauchte Dana von irgendwoher auf. Sie ging mit Paz in die Klasse, wie sich herausstellte. An dem Freitag machten wir keine Seance. Es war Freitag, der dreizehnte, und Paz behauptete, daß die Geister zu stark seien. Wir spielten »Nuttenzigarette«, und ich küßte Dana. Ran war nicht gekommen, weil er und Rotem sich diese Woche geprügelt hatten, aber sie wollten mir nicht erklären, warum. Den ganzen Abend hatte ich das Gefühl, als würde gleich jemand, die Polizei oder was anderes, durch den schmalen Höhleneingang hereinkommen. Man mußte irgendwas machen. Ich wettete mit Rotem, daß ich in einer Nacht ein ganzes Päckchen Zigaretten rauchen würde. Die schöne Schir betrank sich und fing wieder an, Zigaretten auf ihrem schneeweißen Arm auszudrücken, was einen Schwanz von Brandwunden hinterließ, doch wir waren zu betrunken, um sie aufzuhalten. Lachten bloß.

Ich fing an, an meinen Entschlüssen zu verzweifeln. Daran, daß ich keine normale Arbeit fand. Daß ich dich dazu gedrängt hatte, in unsere Geburtsstadt zurückzukehren. Sogar wenn ich mich am Abend betrinken ging, waren Leute da, die mich kannten. Zurück lief ich immer zu Fuß an den mit russischen Alten besetzten Sommerbänken vorbei, die unter violett blühenden Jacarandabäumen kaputten Transistorradios lauschten. Hielt mich von Hunden fern. Betrat leise die Wohnung, ohne Licht zu machen. Nur die Katze sah mich. Marschierte neben mir her, wollte Aufmerksamkeit. Ich entschlüpfte ihr und putzte mir die Zähne. Eine Art klitzekleiner nächtlicher Tanz zwischen uns.

Eines Tages ging ich einfach nur so zur Höhle, nach einem Schwimmtraining, in der Dämmerung. Ich war an Leib und Seele von dem starken Chlorgeruch durchtränkt. Die Höhle war dunkel, aber ich hörte Stimmen. Ich trat hinein, zündete ein Streichholz an und eine Zigarette. Ich machte Rotem und Paz aus, die betrunken auf dem Boden lagen. Zwei Meter weiter drinnen lag Dana, auch sie sturzbetrunken. Sie waren alle angezogen. Dana rief mich. Ich ertastete meinen Weg zu ihr durch die absolut tödliche Finsternis, über die Felsbrocken und Steine auf dem Boden. Sie küßte mich, ihr Mund schmeckte nach Zigaretten und Erbrochenem. Sie umarmte mich ganz fest und ließ nicht los. Ich zwängte einen Finger in ihr Loch, das eng und heiß war. Dana umklammerte meinen Penis, als wollte sie sich mit aller Gewalt retten. Als ich ihre Brust streichelte und an der winzigen Warze lutschte, spürte ich etwas Warmes, Klebriges. Es war der Samen von jemand anders. Ich nehme an, von Rotem (Paz war ihr Busenfreund und ein

Feigling). Sie sagte zu mir, sie liebe mich. Dana war nicht besonders hübsch. Am nächsten Tag machten Rotem und Rachel allein eine Seance. Der Geist eines Soldaten, der im Libanon gestorben war, fuhr in Rotem, und er schlief mit Rachel, die es sofort schadenfroh Rivka verriet. Um die bösen Geister zu vertreiben, hielten wir eine Zeremonie in der Höhle ab. Dana war mit dabei. Nach der Zeremonie saßen wir alle auf dem Felsen über der Höhlenöffnung und starrten in die kalte Nacht mit ihren Sternen. Ein leiser Wind ließ die Kiefernnadeln rascheln. Man konnte mein Haus von dort sehen. Wir saßen Kopf an Körper und redeten flüsternd. Wir liebten alle zu dieser Zeit.

Eines Morgens kam ich nach dem Arbeitsamt nach Hause. Fand dich völlig in Tränen aufgelöst. Die Katze war verschwunden. Den ganzen Tag suchten wir sie. Unter den Autos, auf den Bäumen, in den Mülltonnen. Ich untersuchte sogar einen überfahrenen Kadaver, den wir auf der Straße fanden und der von weitem an unsere Katze erinnerte. Am Nachmittag kehrten wir zurück, du fingst an zu weinen. Ich machte dir etwas zu essen. Ich habe vergessen, wieviel du weinen kannst. Ich habe vergessen, wie sehr ich dich lieben kann. Die Katze kam nicht zurück.

Eines Tages tauchte Dana am Eingang der Höhle auf, mit einer Tüte aus der Apotheke in der Hand, in der Kondome waren. Das war für uns. Wir gingen in eine Begräbnishöhle. Nach einer Sekunde der Stille zogen wir uns völlig aus. Ich stülpte das Kondom über. Blickte auf die Öffnungen des Kolumbariums, auf den Müll und auf ihren schönen nackten Körper. Ich bin mir nicht sicher, ob ich kam. Ich bin nicht sicher, ob ich überhaupt anfing, draußen machten die Freunde Lärm, und ich fühlte mich bloß blöd. Fühlte mich wie ein Affe. Als wir anscheinend irgendwie fertig waren, gingst du weinend hinaus, hattest Angst, daß du schwanger bist. Rotem nahm dich und das gebrauchte Kondom, und ihr gingt, um es am Wasserhahn der nahen Schule zu untersuchen, um nachzusehen, ob vielleicht Wasser rauskam. Paz schaute mich enttäuscht an. Die Sonne begann im Wald zwischen den Bäumen und dem Schlamm zu sinken. Wir schwiegen. Am nächsten Tag gingen ich und Ran allein zur Höhle und spielten mit einem Tränengasbehälter, den ich bei mir zu Hause, bei meiner Schwester im Zimmer, gefunden hatte. Wir zündeten, echt aus Versehen, einen Reifen an, der dort herumlag. Die Höhle brannte aus, und damit war sie aufgedeckt. Wir rannten davon, um uns bei mir zu Hause zu verstecken. An Pessach in diesem Jahr machten wir eine Party bei mir daheim, und ich, Ran und Rivka (Rachel hing nicht mehr mit uns herum) gingen uns betrinken, am Berg neben meinem Haus. Das hohe, gelbe Senfkraut stand in voller Blüte. Bis heute glaube ich, daß das der frischeste Geruch auf der Welt ist. Rivka trank eine Menge und fing an, Englisch zu reden. Sie fragte, wer ihr Freund sei, und ich sagte zu ihr, ich. Wir schliefen ohne Kondom zusammen, sie war wie eine losgelassene Sexbestie. Das allerbeste Vögeln, das ich jemals hatte, und Rotem und Paz kamen erst nach dem Ganzen an. Alle waren schon mehr oder weniger nüchtern. Rotem fragte mich, wer einen Knutschfleck auf Rivkas Busen hinterlassen hatte, ich gab ihm keine Antwort. Paz und Rotem waren aufgehalten worden, weil sie an dem Abend eine Seance gemacht hatten. Die Geister sagten ihnen, sie sollten aufhören, sich mit der Welt der Toten zu beschäftigen.

Am Schluß fand ich die Katze, einen Monat nachdem sie verlorengegangen war. Ich ging auf den Friedhof, einfach so, ohne Grund. Ich sah sie unter die Picknicktische schlüpfen, die sie dort gebaut haben, zur Erhebung der

Seele einer Soldatin, die bei einem Verkehrsunfall vor zwanzig Jahren getötet worden war (genau so stand es auf dem Schild). Es gibt am Eingang ein großes Plastikzelt mit aufgeprägten Sternen, und darunter stehen die Tische. Zwischen Eingangstor und Zelt befindet sich der Marmorstein, auf den sie die Leichen in den Tüchern legen, bevor sie sie auf ewig in der Grube versenken. Zu dem Zeitpunkt, als ich hinkam, fand dort eine Gedenkzeremonie statt, und zwei von den Tischen brummten vor Menschen, die in einer Sprache redeten, die ich nicht verstand. Die Tische quollen über von Essen und Wodkaflaschen. Hätte ich mir den Friedhof weggedacht, wäre ich sicher gewesen, daß sie fröhlich waren. Unsere Katze und noch ein befreundeter Kater saßen unter einem Tisch, warteten auf Reste. Ich rief sie, aber sie kam natürlich nicht. Ich fühlte mich wie ein perfekter Idiot, rief nach einer Katze der Toten am Friedhofseingang, bei der Gedenkfeier von Leuten, deren Sprache ich nicht mal verstand. Ich ließ mich erschöpft auf dem Marmor nieder. Ein lächelnder Alter brachte mir ein Gläschen und lud mich ein, mich zu ihnen zu setzen. Die Hinterseite meiner Hose war mit weißem Staub von dem Marmor bedeckt. Ich setzte mich zu ihnen und trank mit den Alten. Um die Wahrheit zu sagen, ich hatte schon lange nichts mehr so genossen. Ich lachte sogar über die Witze in russisch. Ich kehrte mit einem Taxi, das sie zu der Feier bestellt hatten, nach Hause zurück, komplett betrunken, und das um fünf Uhr nachmittags. Ich konnte es dir nicht erklären. Ich wollte dir nicht antworten. Ich schlief auf dem Bett mit den Schuhen ein, stand um neun auf, um »Blickpunkt« zu sehen. Wir umarmten uns. Ich liebte dich.

Ich begegnete Rivka kurz vor dem Tag meiner Einberufung im August. Wir trafen sie im Einkaufscenter mit einer, die ich nicht kannte, sie saßen auf den weißen Keramikplatten am Boden. Wir kauften Bier und setzten uns zusammen in den Gedächtnispark, nicht weit von da, wo wir jetzt wohnen. Der Park war schön und erleuchtet. Er hat eine schwarze, gewundene Mauer. Frische goldgemalte Inschriften von Toten im Hinblick auf den Holocaustgedächtnistag. Wenn man um diese Zeit dort hinkommt, kann man den Ort richtig gepflegt vorfinden, mit den trokkenen Kränzen der Betriebe der Stadt rings um die Mauer. Ich habe immer behauptet, die Mauer sei so groß wegen den ganzen Toten, die es noch geben wird. In der Mitte ist eine Skulptur in Form eines Altars, der ursprünglich eine Wasser- und Feuerfontäne war, doch gibt es schon seit Jahren keinen Etat, um ihn wiederzubeleben. Uns diente er hauptsächlich dazu, Bierflaschen aufzumachen. Rivka war wie üblich stark geschminkt, aber mir kam es so vor, als hätten Generationen von Schminke und Männern ihr Gesicht ermüdet. Sie zeigte uns Fotos von sich und ihrer Freundin, so eine Art hausbackene Pornographie, mit einer Taschenkamera ohne Blitzlicht aufgenommen. Sie arbeiteten als Stripperinnen in Eilat, waren auf einen Besuch da. Es gab ein Foto, auf dem die zweite, an deren Namen ich mich nicht erinnere, auf Rivkas große, hängende Brüste pinkelt. Um die Wahrheit zu sagen, die Fotos waren abstoßend. Wir sagten nichts zu ihr, weil sie so stolz war. Rivka hatte das Gefühl, daß sie endlich etwas erreicht hatte. Ein kalter Wind spielte mit der aufgezogenen Israelfahne und ließ sie vehement und lautstark an den Mast knallen.

Ungefähr einen Monat nachdem wir uns endgültig von der Clique getrennt hatten, stellten Ran und ich eine neue auf die Beine. Wir hatten den Kontakt abgebrochen, bis Rotem uns eines Tages darum bat, wir sollten dringend in den Park kommen. Wir gingen zögernd hin, alle saßen da im Kreis. Rotem erzählte uns, was wir in der Zwischenzeit verpaßt hatten. Rivka war schwanger geworden und hatte eine Abtreibung gemacht, und als ihre Eltern es entdeckten, hatten sie sie geschlagen. Sie waren Neo-Orthodoxe. Vor der Abtreibung hatten sie eine reinigende Seance gemacht und versucht, Nostradamus heraufzubeschwören, der wütend wurde und ihnen Hitler auf den Hals hetzte (den stärksten Geist, der ganz allein zwischen den Daseinsebenen wechseln konnte). Sie wollten, daß wir ihnen halfen, ihn zu verjagen, und empfahlen uns, mit einem Psalmenband herumzulaufen. Sie wollten, daß wir sozusagen zum Stamm zurückkehrten. Wir gingen zusammen von dort weg, nur wir beide. Wir lachten über sie, wenn ich mich recht erinnere.

Als wir, du und ich, einmal an irgendeinem Freitagabend in einen Film gingen, einen Monat nachdem wir deinen Großvater in Haifa begraben hatten, mit Aussicht aufs Meer, traf ich Rotem. Er hatte jetzt einen Schnurrbart. Er versuchte, das Geschäft seines Vaters wiederzubeleben, der Pleite gemacht hatte. Das Kino befindet sich dreihundert Meter weit weg vom Friedhof, wo die Katze herumlungert, die dir so abging. Und ich habe nicht die Absicht, dir zu erzählen, daß sie lebt.

Sie ist eine Katze der Geister und Gespenster, streicht bei Mondlicht zwischen den Gräbern herum.

4

Zusammenfassend kann man sagen, daß Dov schon in den letzten drei Jahren seines Lebens sterben wollte. Er wollte vor seiner Frau sterben, die plötzlich an Alzheimer erkrankt war und der er die Windeln wechseln mußte. Er fuhr fort, in seiner privaten Apotheke zu arbeiten. Seine Stirn hatte Altersflecken, die Glatze hatte er schon seit dreißig Jahren. Er war weiterhin in der Partei aktiv. Er sah seine Enkelkinder ungefähr alle drei Wochen. Sie versuchten, mit ihrer Großmutter zu reden, die im Rollstuhl vor dem MTV-Kanal auf voller Lautstärke saß und Rumänisch vor sich hin murmelte. Wenn Dov sie fragte, sagten sie, sie wollten Apotheker werden, aber hauptsächlich, um ein Lächeln in seinem Gesicht aufsteigen zu lassen. Wobei auch das am Ende nichts mehr half.

Dov teilte die freien Zimmer im Haus, die auf eine arme Straße und eine schöne Landschaft von grünen Bergen hinausblickten, in Erinnerungsräume nach Perioden ein. In einem Zimmer waren damals Sachen von zu Hause. Bilder von den Eltern, die es einmal gegeben hatte. Ein zerrupfter gelber Stern, der sich bei ihm noch erhalten hatte. Das Hochzeitskleid seiner Mutter. Plakataufrufe des Haschomer, der jüdischen Selbstschutzorganisation, auf rumänisch. In einem anderen Zimmer befanden sich die Erinnerungen vom Anfang des Staates, Auszeichnungen für die Teilnahme an drei Kriegen. Bilder aus dem Kibbuz, immer alle Arm in Arm. Auch das Foto von Ehud war da, Dovs Erzfeind, der vermeintliche Liebhaber Ilanas. Er hatte sie immer an ihren kleinen Bruder Schraga erinnert, der dort verbrannt war. Heute hatte sie alles vergessen. Nur die rumänische Sprache sprach sie mit gekünstelt genauer Artikulation. Es gab auch einen Raum, der dem Alter gewidmet war. Es war ihr gemeinsames Schlafzimmer, das so blieb, wie es war, nur staubiger. Sie schliefen nicht mehr dort, seitdem Ilana sich weigerte, sich vom Fernseher wegzurühren. Ilana blieb im Rollstuhl, und Dov schlief neben ihr auf dem kratzigen Sofa. In letzter Zeit begann er aus der Nase zu bluten. Sie hatten eine Hilfe, die jeden Morgen kam, um Ilana zu duschen. Sie war die einzige, die mit Ilana redete. Sie war auch Rumänin, sogar gebildet, eine Dolmetscherin, die nach Israel gekommen war, um ein bißchen Geld zu verdienen und ihrer Familie zu helfen. Ständig roch sie nach Alkohol, und Dov verabscheute sie, aber er brauchte ihre Hilfe, um Ilana zu pflegen, die er liebte. Als sie damals in den Kibbuz gekommen waren, hatte man sie in einem Zimmer zusammen mit Ehud untergebracht.

Früher gab es einen Lebensmittelladen gegenüber ihrem Haus. Was sehr bequem war für einen älteren Menschen, der Mühe hatte zu gehen. Eines Freitagmittags, direkt vor Ladenschluß, sah Dov ein junges Pärchen vom Motorrad steigen und in den Laden hineingehen. Sie hielten sich drei Minuten drinnen auf und flüchteten dann von dort. Hinter ihnen kam der Ladenbesitzer heraus, mit Blut am Kopf, und schrie um Hilfe. Dov tappte erstarrt zum Telefon, am ganzen Leib zitternd. Während er wartete, versuchte er, den Fernseher leiser zu drehen, doch Ilana begann zu weinen und zu schreien. Die Musik dröhnte im Wohnzimmer ihres Hauses, als ihm eine Frau ungeduldig antwortete. Dov wollte sie alarmieren. Plötzlich sprach auch er nur noch Rumänisch. Auf einmal erinnerte er sich nicht mehr an die hebräische Sprache, die er doch schon in Rumänien immer stur hatte reden wollen, als er vom zionistischen Bazillus befallen worden war. Das Klicken des Telefons ersetzte den Lärm, der beim Raub gefehlt hatte.

Sie sahen ihn nicht wieder, man sagt, er konnte nie wieder gehen. Dov hatte ihn sogar gern gemocht. Während der zehn Jahre in seinem Lebensmittelladen hatte er ständig versucht, sich das Rauchen abzugewöhnen. Jeder Kunde erhielt eine detaillierte Beschreibung seiner Pläne. Er war wirklich ein relativ netter Perser. Dov wollte nicht wirklich sterben. Er wollte von seiner Frau angesteckt werden und vergessen. Er wollte, daß man ihn mit der gleichen Hingabe pflegte, mit der Ilana damals im Zelt Ehud gepflegt hatte. Am Schluß traf dann auch die Ambulanz ein, nach zehn Minuten, wie Dov bei sich schätzte.

5

Als mich die Schlampe aus der Wohnung warf, ging ich in Ofeks Zimmer und weckte ihn. Es kam mir komisch vor, daß er nicht von unserem Geschrei aufgewacht war. Ich glaube, unser echtes Problem war, daß ich nicht mehr mit ihr schlafen wollte. Wer hätte mit der Kuh auch schlafen wollen? In den letzten drei Jahren war sie fett geworden, und dünne schwarze Härchen sprossen bei ihr am Hintern und auf der Brust. Ich sagte zu ihm: »Ofek, Papa geht wegen Mama weg«, gab ihm einen Kuß, und er lachte. Mein Schnurrbart kitzelte ihn, er lachte immer, wenn ich mich über sein Gesicht beugte. Unter uns gesagt, ich konnte nirgendwohin gehen, es war schon nach Mitternacht, Donnerstag nacht. Daß ja keiner lacht, aber es fiel mir schwer, mein Gerät bei ihr hochzukriegen. Wenn wir stritten, brüllte sie, ich sei impotent. Einmal machte sie sogar das Fenster zur Straße auf und schrie, ich sei impotent, könne keine Frau befriedigen und daß jeder kleine Junge besser fickt als ich. Sie heulte auch immer ihrer Familie was vor. Vor einem Jahr habe ich gehört, wie sie ihrer Schwester davon erzählte. Ich sah mir gerade einen Film über den Zweiten Weltkrieg auf Digital an. Um die Wahrheit zu sagen, ich sprang hoch vor Wut, rannte zu ihr rüber und packte den Hörer, als wollte ich sie schlagen. Sie weinte nicht und flehte nicht, sondern sah mich nur ruhig an. Mit diesem Blick, den ich so liebte. Ich legte den Hörer hin und kehrte geschlagen zu dem Film »Die Brücke am Kwai« zurück. Den ich schon als Kind gesehen hatte. Er handelt von britischen Kriegsgefangenen in einem japanischen Sträflingslager, und kurz gesagt, sie bauen sich eine Brücke, und dann zerstören sie sie. Im Offizierslehrgang haben sie uns gezwungen, ihn noch mal anzuschauen, aber dort bin ich eingeschlafen.

Ich ging zu unserem Auto hinaus, ein verbeulter zweiundneunziger Skoda. Es regnete draußen, und die Scheibenwischer kratzten, ich hätte sie schon längst austauschen müssen. Im Regionalradio brachten sie ein komisches Programm. Sie hatten eine »geile Tussi« im Studio, und alle möglichen Leute riefen an, um sie einzuladen, mit ihnen zu ficken. Sie mußten haarklein erklären, was sie mit ihr machen würden. Da war einer aus dem Moschav dabei, der seinen Worten nach ein erfolgreicher Geschäftsmann war. Er sagte, er würde sie auf den Bauch drehen und sie lekken, bis sie dreimal kommen würde, und dann versprach er, sie fix und alle zu machen. Sie hieß Adi. So peinlich es ist, ich fing an zu onanieren. Am Anfang sanft, bloß eine Berührung in der Hose, aber danach holte ich ihn raus. Direkt bevor ich kam, fuhr ein Autobus voller religiöser, kichernder Mädchen vorbei, obwohl ich doch wirklich an einem ruhigen Platz parkte, ich war sicher gewesen, daß keiner vorbeikäme. Sie haben mich garantiert onanieren sehen. Sicher dachten sie, ich sei ein Perverser. Ich wollte ihnen nachrennen und erklären, daß ich kein Perverser sei. Was meinerseits blöd gewesen wäre. Ich genoß es auch ein bißchen, daß sie gesehen hatten, wie ich es mir mit der Hand besorgte, diese Mädchen. Ich spritzte übers Armaturenbrett, putzte es nicht mal weg. Dann schlief ich im Wagen ein, nachdem ich sorgfältig die Türen verriegelt hatte.

Ich arbeite schon seit einem Jahr bei einem Sicherheitsbetrieb. In einem halben Jahr soll ich einen Wagen vom

Institut kriegen. Ich bin mit der Arbeit zufrieden, obwohl ich nicht darüber reden darf, was ich tue. Ich profitiere von dem Wissen, das ich am Technikum erworben habe, und sie haben mir einen Posten als quasi Abteilungsverantwortlicher gegeben. Man kriegt sogar jeden Tag Mittagessen dort. Das Essen servieren Angestellte von einem Unternehmer, die gelb-lila Nylonhemden anhaben. Die meisten sind ungelernte Frauen um die vierzig, fünfzig. Die Männer dort sind überwiegend Neueinwanderer. Die Kameraden im Betrieb nennen mich den Astronauten, weil ich oft zu spät komme. An den meisten Tagen komme ich als letzter zum Essen, wenn die ganzen Arbeiter schon fertig sind und nur die Leute vom Catering sich erlauben, Pause zu machen. Ich bemühe mich, in ihrer Nähe zu sitzen, um ihre Gespräche zu hören. Einmal redeten sie über Amulette und Segen, ein andermal über die Hochzeiten von Cousins. Sarel war eine von ihnen.

Es kostete mich eine Woche, mir eine Wohnung in der Galilstraße nahe dem Zentrum zu mieten, und ich überließ ihr das Auto mit der Großzügigkeit des echten Mannes. Wenn ich Ofek besuchen ging, fuhr ich mit dem Autobus hin und zurück. Ich wollte die Kuh nicht anbetteln, mich mitzunehmen. Ich nahm ihn auf den Spielplatz mit oder ins Einkaufszentrum zum Pizzaessen. Ich glaube, er wird einmal so schweigsam wie ich. Mir kommt es so vor, als ob ihn unsere Scheidung nicht beeindrucken würde. Ein Junge, stark wie ein Fels. Abends ging ich immer in das Pub, das ein Freund von mir, der mit mir im Betrieb arbeitete, aufgemacht hat, nachdem sie ihn in Frühpension geschickt hatten. Eine Menge junger Leute drückten dort rein, er hatte ziemlich Erfolg. Nach zehn Jahren Ehe mit der Mistkuh wollte ich mit einer anderen vögeln. Vor dem Einschlafen sah ich mir immer massenhaft Pornostreifen an. Nur vor dem Militär war ich so geil gewesen. Um die Wahrheit zu sagen, auch in der Armee war ich ziemlich geil. Ich war schon ihr Freund, als sie mich in die erste Intifada beförderten.

Einmal verfolgten wir einen Jungen, der eine Brandsatzflasche nach mir geworfen hatte, bis in ein reiches Haus in Hebron. Es war Freitag früh, und alle Männer waren beim Beten. Ich war der Kompanieführer damals, also rannte ich voraus, das Gewehr im Anschlag. Der Junge rannte durch die Tür rein und sperrte vor lauter Panik nicht mal hinter sich zu. Wir betraten das Haus, es roch nach Lagerfeuer und Oliven, der Gestank von Arabern. Wir, ich und drei Soldaten, standen allein im Wohnzimmer, mit Helmen auf dem Kopf. In der Mitte war ein neuer Farbfernseher, genau wie der, auf dessen Kauf meine Eltern gespart haben. Ich fing an, mit den Soldaten das Haus zu durchkämmen, dieser Junge hatte mich beinah umgebracht, die Flasche war einen Zentimeter an meinem Gesicht vorbeigegangen. Alle Zimmer waren leer, er war bestimmt schon geflüchtet. Ich war sicher, daß er sich nicht drin versteckte, ich hatte das Haus völlig auf den Kopf gestellt. Am Schluß kontrollierten wir die Dusche im zweiten Stock, im verzweifelten Versuch, ihn zu finden. Ein schönes Mädchen duschte sich dort. Es gab keinen Duschvorhang, und sie war so schön, hatte uns sicher nicht reinkommen gehört. Meine Soldaten standen wie betäubt da. Sie machte weiter, übersah uns. Ich hatte das Gefühl, ich müßte meine Untergebenen da rausbringen, bevor sie sie von hinten an der Duschwand vergewaltigten. Bevor ich sie vergewaltigte. Wir haben nie über den Vorfall geredet, ich habe nicht mal Mosche geschimpft, der aus diesem Haus eine Taschenuhr klaute, die er in einem der Zimmer fand. Der Junge hatte sich garantiert in der Dusche versteckt, aber es war egal, einen Monat danach, zwei Tage vor meiner Ablösung vom Fronteinsatz, erkannte ich ihn bei einer Demonstration wieder, wo er Steine schmiß. Ich entkorkte ein »Tampon«-Geschoß und zielte haargenau auf ihn. Ich konnte schon immer gut schießen. Wenn er noch lebt, fehlt ihm garantiert ein Auge. Mit mir legt man sich nicht an.

Nachdem wir zwei Monate getrennt gelebt hatten, hatte sie Geburtstag. Ich wollte sauber dastehen, also ging ich zu ihr in die Arbeit, um ihr eine Kleinigkeit zu bringen. Sie arbeitet in einer Druckerei als Graphikerin. Als ich reinkam, standen die Maschinen still. Ein paar Arbeiter aus der Produktion versuchten, die Maschinen zu reparieren, und sie kannten mich, nickten mir mit dem Kopf zu. Ihre Gesichter waren ganz von Druckerschwärze verschmiert. Ich machte die Tür zu ihrem Büro auf und sah sie und ihren Geschäftsführer, den ich schon immer gehaßt hatte, sich küssen. Bestimmt vögelten sie schon. Er hat sie sicher schon gevögelt, als wir noch zusammen waren. Der arme Ofek muß mit anhören, wie er sich in der Nacht über sie drübermacht. Sicher ist er deswegen so still in der letzten Zeit. Vielleicht denkt er sogar, daß dieser Knallkopf sein Vater sei. Aber ich bin sein Vater, und ich habe beschlossen, daß ich ihn ordentlich großziehen werde. Ich will auch den Skoda. Ich habe mit niemand geschlafen seit der Trennung. Noch am gleichen Tag ging ich zu dem Rechtsanwalt, der die Klage meines Bruders gegen die Unfallversicherung Avner übernommen hat. Er war bei einer Generalstabseinheit, ein guter Junge.

Erst nachdem ich das beschlossen hatte, begriff ich, wie gern ich Ofek bei mir haben wollte. Er war mein Sprungbrett aus diesem Leben. Ich habe es satt, Vergewaltigungsberichte in der Zeitung zu suchen und darüber zu onanieren, mir vorzustellen, ich sei der Vergewaltiger. Ich habe diese schreckliche Stille zu Hause satt, wenn ich nach einem Arbeitstag heimkomme. Ich wollte die ganze Zeit Vater sein. Ihn erziehen, ihn besser großziehen als diese Nutte. Ich wollte auch schon vor meinen Freunden mit ihm angeben.

Sarel traf ich im Betrieb, sie arbeitete bei der Cateringfirma. Sie war nicht schön. Fünfunddreißig, aus einem Vorort, Kiriat Motzkin. Sie managte den Speiseraum in dem Gebäude, in dem ich arbeite. Sie herrschte über ihre dumme Truppe mit harter Hand und Gebrüll. Bei den Mahlzeiten war es ihre Aufgabe, alle zu beaufsichtigen, die Temperatur des Essens auf den Warmhaltewägelchen zu kontrollieren. An einem regnerischen Tag sah ich sie im Regen stehen, es stellte sich heraus, daß sie ihre Fahrgelegenheit verpaßt hatte. Zu Hause war mir sowieso langweilig, also bot ich ihr an, sie mitzunehmen. Bis ich sie kennenlernte, hatte ich nie eine Frau wie sie getroffen, das heißt eine von denen. Ich hatte solche Soldaten, mit denen kam ich zurecht – sie brachten mir Respekt entgegen. Ich hätte mich noch mal verpflichten sollen. Als wir die abschüssige, kurvige Straße hinunterfuhren, fiel von dem Laster vor uns eine Eisenstange herunter, in letzter Sekunde konnte ich dem Zusammenstoß noch ausweichen. Sarel sagte, ich müsse in der Synagoge eine Kerze anzünden, um mich »zu revanchieren«.

Es war nicht so, daß ich bloß mit ihr schlafen wollte. Hauptsächlich wollte ich mit ihr reden. Ich konnte ihr alles erzählen. Es tat mir leid, als die Strecke zu Ende war. Ich ließ sie bei ihrem Haus raus, und sie stieg allein ins oberste Stockwerk. Am Fenster sah ich einen rauchenden Mann, anscheinend ihr Ehemann. Ich hoffe, er schlägt sie nicht.

Vom Betrieb aus sollte ich in einem Monat nach New York zu einer Tagung fliegen. Ich haßte die Arbeiter bei der Essensausgabe. Sie waren dermaßen unwissend und arm. Sie wurden nach den Stunden bezahlt, die am Eingangstor registriert wurden. Standen in Grüppchen herum, darauf wartend, daß die Uhr die Stunde vollmachte, und erst dann gingen sie hinaus. So was von erbärmlich.

An einem Mittwoch stürzte Sarel in mein Büro, in diesem lächerlichen gelb-lila Kittel. Die Leute, die gerade mit mir arbeiteten, schauten sie verblüfft an. Sie trug immer vier Ketten und war stark geschminkt. Ich warf alle raus. Sie wirkte aufgeregt. Ihr Mann, der vor einem Jahr einen Hammerschlag auf den Kopf abgekriegt hatte, war endgültig durchgedreht. Gestern hatte er sie vor den Kindern geschlagen. Sie zeigte mir die roten Striemen auf ihrem flachen Bauch, entblößte genug, um mir einen Steifen zu bescheren. Jetzt wollte er die Kinder wegbringen, zu seinen Eltern nach Aschdod. Wir fuhren sofort los, um sie abzuholen. Die beiden Großen gingen in die gleiche Schule und die Kleine in einen religiösen Kindergarten. Nachdem wir sie alle eingesammelt hatten, kaufte ich bei MacDonald's allen Happy Meals und brachte sie in meine kleine Wohnung. Ich mußte in den Betrieb zurück, es war das Auto des Abteilungsleiters, das ich mir hin und wieder ausleihen konnte. Leichter Regen fiel, durchsetzt von Sonne. Das ist das Wetter, das ich am meisten hasse: unentschieden.

Ich bat den Fahrdienst, mich an ihrem Haus abzusetzen, denn an dem Tag sollte ich Ofek besuchen. Ich wollte auch unseren Skoda. Die Nutte machte mir weinend die Tür auf, sie hatte Ofek eine Tasche gepackt. Es stellte sich heraus, daß ich vergessen hatte, meinen Anrufbeantworter abzuhören. Das Gericht hatte eine Verfügung gegen sie erlassen und mir Ofek und das Auto zugesprochen. Mein Rechtsanwalt hatte ein laufendes Verfahren gegen sie entdeckt. Nicht einmal ansehen konnte sie mich. Auch Ofek schaute sie nicht an. Sie hatte ihm den gleichen Koffer gepackt, den wir bei unserem Urlaub in der Türkei vor zwei Jahren mitgenommen hatten. Wir haben dort eine gewaltige Wasserpfeife gekauft, die immer noch im Wohnzimmer steht. Sie hat ungefähr Ofeks Größe. Ich hätte sie am liebsten zertrümmert, aber ich beherrschte mich. Auch Ofek sah verängstigt aus. Ich nahm ruhig die Schlüssel von dem Plastiktisch, mit dem gleichen Arm, mit dem ich Ofek festhielt, damit er nicht davonrannte. Nachdem wir mit viel Mühe wegen der Kälte den Motor angelassen hatten, fing Ofek zu heulen und zu schreien an. Es störte mich beim Fahren. Jungen dürfen nie weinen, dürfen keine Schwäche zeigen. Ich gab ihm eine Ohrfeige und noch eine, bis er still war. Zu Hause warteten Sarel und ihre Kinder auf uns. Ofek biß sich auf die Lippen, um nicht mehr zu weinen.

In meiner Wohnung tobte der Aufruhr, die beiden Großen und die Kleine rasten überall herum. Sarel schaute sich Nachrichten an, ignorierte alles. Wir standen betäubt da, versuchten, an die Wand gedrückt, einen Platz für uns zu finden, und draußen pfiff der Wind.

6

Es ist immer schwer, die Gewalt in der Stadt zu sehen. So wie es schwer zu verstehen ist, wie gewalttätig ein Mensch ist, wenn man ihn zum ersten Mal trifft. Ich habe diese Seite in meiner Stadt nie gesehen, ich war auch beim Militär, als die Gewalttätigkeit tobte. Ich habe den Geschichten nicht geglaubt. Aber sie haben wirklich Läden geplündert, nur einen halben Kilometer von meinem Haus entfernt. Sie haben auch fast einen Menschen getötet. Es war am Versöhnungstag, an Jom Kippur. Wenn ich so darüber nachdenke, kenne ich die meisten Randalierer, zumindest dem Gesicht nach.

Als ich in der Vierten war, kam die Tochter von David zu uns in die Klasse, der einen Schallplattenladen hatte, und er zündete ihn an, um Schadensersatz von der Versicherung zu bekommen. Ich war für eine gewisse Zeit in sie verliebt. Als ich eine Woche später auf Militärurlaub kam, hatten sie schon alles saubergemacht und den ganzen Laden wiederaufgebaut.

Es war merkwürdig, mich von den langen Schlangen am Checkpoint zu trennen, wo jeder seine eigene tragische Geschichte hat. Man entwickelt Gleichgültigkeit. Einmal half ich einem jungen Paar amerikanischer Staatsbürger zu passieren, sie brachten mir als Geschenk eine Tüte Clementinen aus Jericho. Sauer, wie ich sie liebe. Als ich jung war, flüchtete ich mich immer mit einer solchen Clementine zum Rauchen, sie sollte den Geruch tarnen.

Nach der Zigarette am Feiertagsabend schälte ich die Frucht dann. Ich habe immer gewußt, daß der Clementinengeruch diese Zeit im Jahr symbolisieren würde. Ich hätte so gern gehabt, daß die Zeit stehenbleibt.

7

Die Alten waren die wildesten, sie waren so beschäftigt mit ihrem Treiben, daß sie nichts um sich herum sahen.

Ich und Matilda haben vor fünfzehn Jahren geheiratet, was zweifellos der beste Tag in meinem Leben war. Wir feierten die Hochzeit im Palmenhotel am Strand von Akko. Etwa in der Mitte zwischen meinen Eltern in Nahharia und ihren Eltern in der Gegend von Haifa. Ihre Eltern bestanden darauf, alles zu zahlen. Zusammen kamen die zwei Familien auf fünfhundert Gäste. Ich bemühte mich, mich nicht zu betrinken, denn Matilda hatte mich wirklich darum gebeten, sie wußte, daß mein ursprünglicher Plan war, mich bei meiner Hochzeitsfeier bis zur Besinnungslosigkeit zu betrinken. Am Schluß der Hochzeit stiegen wir zu der Suite hinauf, die in der obersten Etage des Hotels für uns reserviert war. Nachdem wir zusammen geschlafen hatten, schlief sie völlig gerädert ein. Ich glaube, es gibt ein ungeschriebenes Gesetz, das einen zum Vögeln nach der Hochzeit verpflichtet. Ich ging auf die Terrasse hinaus, um zu rauchen. Es war Sommer damals, und das Meer lag ausgerollt vor mir, schön. Ich rauchte noch eine Zigarette, um so noch ein wenig nackt zu bleiben und auf das schwarze, sich wiegende Meer zu blicken.

Ich war einer der ersten Israelis, die nach dem Militärdienst in Indien waren. Als ich zurückkam, lernte ich Matilda kennen. Ich dachte nicht, daß ich die britische Emma überhaupt je vergessen könnte, die zehn Monate mit mir zusammengewesen war. Sie war einfach wunderschön, sah aus wie eine echte Porzellanpuppe. Grüne Augen, glattes goldblondes Haar, weiß und klein. Den ganzen Trip machte ich mit ihr, wirklich alles. Wir hatten uns schon auf dem Flug dorthin getroffen, und es war alles klar für uns gewesen. Ebenso klar war, daß wir nicht weitermachen konnten. Sie hatte einen reichen, adeligen Verlobten, der in Cambridge auf sie wartete. Vinik vom Kibbuz hat uns sogar zusammen in Delhi gesehen. Er war ganz entgeistert, nie im Leben hätte er geglaubt, daß ich eine wie die finden würde, im Kibbuz hatte ich mich immer schwergetan mit den weiblichen Freiwilligen, ich konnte nicht auf englisch flirten.

Ich hielt noch Kontakt zu den meisten von meiner Kibbuzkernzelle aus der Pionierjugend, abgesehen von Ehud, dem edlen Herrn, der sich mit der Entlassung vom Militär von allen löste. Es kursieren Gerüchte, daß er heute Alkoholiker ist und in Mizpe Ramon, einem Kaff im Negev, lebt. Gerade in der Truppe waren wir gute Freunde. Ich habe ihn immer verteidigt und gesagt, der Libanon habe ihn kaputtgemacht, doch ich habe selber nicht daran geglaubt. Es ist komisch, daß alle ungefähr im gleichen Jahr geheiratet haben, nachdem ich zurückgekommen war. Matilda habe ich bei der Hochzeit von Michal getroffen, die eine gute Freundin von mir und Tom war, der nicht in unserer Kerntruppe, aber lange Zeit Michals Freund war und den die ganze Bande liebte. Matilda war mit jemand anderem dort, der ernsthaft und ordentlich aussah. Der Typ wirkte wie mindestens fünfunddreißig. Nach der Hochzeitszeremonie versammelten wir uns alle in einem Raum, den wir gemietet hatten, um Gras zu rauchen. Ich hatte den Stoff von Mosche mitgebracht, den ich von Indien her kannte. Matilda stieß ohne ihren Partner zu uns. Völlig bekifft tanzten wir Tango in dem Zimmer. Eine merkwürdige Begegnung. Ein Jahr später fand die letzte Hochzeit in der Kerntruppe statt, unsere Hochzeit, zu der sogar Ehud erschien. Auf Matildas Rat hin studierte ich Geschichte und Orientwissenschaften an der Universität Haifa. Sie selbst studierte Pharmazie. Als wir in diese Stadt zogen, wurde ich Lehrer und Matilda Apothekerin, die Eltern halfen uns ein bißchen.

Die ersten Jahre waren mehr als wunderbar. Auch die Kinder waren herrlich. Ich gab das Rauchen und die Joints auf. Jeden Abend nahm ich mir ein Glas Whisky, setzte mich hinaus und hörte Jazz. Das war mein Ding, wir schliefen mindestens zweimal am Tag zusammen. Matilda wußte, was mir guttat, auf unsere Art waren wir wild im Bett, probierten alles, was man zu zweit nur machen kann.

Im zehnten Jahr unserer Ehe sagte Matilda zu mir, sie suche Abwechslung. Am Anfang war ich zutiefst beleidigt und verschanzte mich auf der Terrasse. Nachdem sie die Kinder ins Bett gebracht hatte, kam sie zu mir heraus. Wir redeten ein bißchen und beschlossen, daß wir für den Anfang versuchen würden, noch eine Frau mit ins Bett zu nehmen. Wir ließen die Kinder bei meinen Eltern und machten uns um vier Uhr morgens auf den Weg nach Eilat in dem neuen Wagen, den wir gekauft hatten. Damals hatte jeder so einen weißen Subaru. Ich hatte ganz viel Jazzmusik zusammengestellt und wartete darauf, daß Matilda einschlief, um sie zu hören. Matilda haßte Jazz. Die Klimaanlage arbeitete zur Zufriedenheit, und ich fuhr in einem Stück nach Eilat durch, Israels Fun-City. Immer wenn man Eilat erreicht, hat man ein Gefühl von Verzauberung. Um zwei Uhr nachmittags waren wir schon im Meer, nachdem wir uns in unserem Hotel eingerichtet hatten. Matilda bräunte sich oben ohne, obwohl ich es haßte, wenn sie das tat. Ich las ein Buch, das ich speziell für die Ferien gekauft hatte, ich fing endlich zu genießen an.

Am Abend machten wir uns auf die Pirsch, wir hatten beschlossen, daß Matilda jagen sollte. Wir gingen in ein Touristenpub an der Promenade. Sie ließ mich allein, versuchte, einen Liter Guinness aus einem riesigen Glas zu leeren, in dem die Blasen aus irgendeinem Grund nach unten sanken, anstatt aufzusteigen. Schließlich setzte sie sich neben eine Touristin, deren Gesicht ich nicht sah, nur ihr blondes Haar. Sie tranken zusammen und lachten. Matildas Englisch ist perfekt, sie hat mit ihren Eltern drei Jahre lang in Washington gelebt. Ihr Vater war Militärattaché, glaube ich. Am Ende zog sie sie an der Hand mit, und sie setzten sich neben mich. Ich war besonders schweigsam, weil es mir peinlich war. Wir führten Agnes, so hieß sie, in unser Zimmerchen im Hotel. Sie war sieben Jahre jünger als wir, hübsch und hatte einen hinreißenden Körper. Ihr Gesicht erinnerte mich an jemanden. Sie kam mir sicher bekannt vor, weil ich Angst hatte. Auch der Rezeptionsangestellte und der Wachmann sahen mich mit einem merkwürdigen Blick an. Ich senkte die Augen in der Lobby, ich ängstigte mich wirklich zu Tode bei der Vorstellung, daß mich jemand dort kannte.

Wir betraten alle verlegen das Zimmer, Matilda legte meine Musik auf. Sie liebte israelische Volkslieder, sie kannte sie wirklich alle auswendig. Einmal hatte sie versucht, mich zu einem öffentlichen Singen mitzuschleppen. Ihre Musik war unpassend für die Gelegenheit. Ein Glück, daß wir den schwarzen Sonyrecorder mitgenommen hatten, der jahrelang als Staubfänger im Haus herumgestanden hatte. Sie und die andere fingen an, sich zu küssen und auszuziehen. Matilda präparierte sie für mich mit der Zunge. Nachdem ich gekommen war, machten die beiden weiter. Obwohl Agnes größer und männlicher war, begriff ich nun, weshalb sie mir bekannt vorkam, sie war die kleine Schwester von Emma. Die kleine Schwester, von der sie mir immer mit Sehnsucht erzählt hatte. Es war schon fast drei Uhr morgens, und als sei es die natürlichste Sache der Welt, blieb Agnes zum Schlafen da. Matilda duschte sich und legte sich ins Bett. Leichte, niedliche Schnarcher taten kund, daß sie wie eine Tote schlief. Ich blieb allein mit Agnes. Ich fragte sie, ob sie keine Angst hatte, nach Israel zu kommen. Ihre Art zu sprechen erinnerte mich an Emma. Wir redeten bis Sonnenaufgang, sie erzählte mir, daß ihre Schwester einen Geliebten aus Israel gehabt hatte. Die Sonne ging in überwältigender Schönheit auf, hingegossen übers Meer. Wir saßen auf dem Balkon, hielten Händchen wie die Kinder. Bestaunten die schöne Bucht, die sich vor uns ausdehnte, den kühlen Wind.

Als ich und Matilda gerade erst zusammengezogen und bis zum Wahnsinn verliebt waren, fraß uns die Lust fast bei lebendigem Leibe auf. Wir liebten es, einer dem anderen etwas beizubringen. Sie schaute mir immer beim Duschen zu, lachte über meine kleinen Rituale. Wusch mir die Haare, biß mich in die Eier. Ich liebte es, zu sehen, wie sie sich schminkte oder anzog. Ich ging mit ihr aufs Klo. Manchmal spreizte ich ihr die Beine und betrachtete Stunden ihre Scham, schnüffelte daran und küßte sie. Manchmal sah ich sie mir nur im Licht an.

Nachdem wir aus Eilat zurückkamen, kehrte wieder Ruhe bei uns ein. Ich kehrte still an meine Doktorarbeit zur Geschichte Palästinas zurück. Im Mittelpunkt meiner These stand der byzantinische Glashandel. Nicht weit von meinem Haus gab es die Ruine einer byzantinischen Manufaktur, über die ich hauptsächlich schrieb. Ich ging fast jeden Tag mit den Kindern dorthin. Sie halfen mir, Objekte zu suchen, die bei meiner Forschung helfen würden, zwischen den Tausenden Glassplittern, die dort auf der schwarzen, feuchten Erde herumlagen. Manchmal gingen wir nach dem Aufsammeln noch weiter und besuchten Matilda in der Arbeit. Banden Schnee, unseren weißen Labrador, an einer Bank draußen neben der Bougainvillea an. In der Apotheke stand eine ewige Schlange von zerbröselnden Alten. Matilda lächelte immer bei der Arbeit.

Ein halbes Jahr nach Eilat fing Matilda wieder an zu drängen, eine neue Falte tauchte in ihrem Gesicht auf. Sie hatte das Gefühl zu altern. Es gab irgendein Paar, das sie kannte, mit dem wir Partnertausch machen könnten. Anfangs suchte ich Ausreden, flüchtete mich auf die Terrasse, wenn ich am Abend heimkam, und tat so, als sei ich in Bücher vertieft. Am Schluß, als sie drohte, auch ohne mich zu gehen, gab ich mich geschlagen und kam mit. Wir verabredeten uns in ihrem Haus am Freitag um zehn. Wir fanden eine Babysitterin, die eine Studentin von mir war. Sie kam fünf Minuten zu spät und entschuldigte sich in einem fort. Wir mußten auf die andere Seite der Stadt, Schnee brachte die Kinderhüterin fast um, und ich hoffte nur, daß sie mit ihm zurechtkommen würde. Das Paar wohnte in einer großen Villa. Alles war prachtvoll und aufwendig, vom Garten angefangen, in dem bunte Lichter mit Zellophan verkleidet die Bäume und den Springbrunnen erleuchteten, bis hin zur massiven Holztür. Ich hatte mich vorher bei Matilda vergewissert, daß ich sie nicht kannte. Die Frau öffnete uns die Tür, sie war ungefähr in unserem Alter. Eine Spur von »Rettungsring« und Bauch, blondes Haar mit roten und gelben Strähnchen. Sie trug auch eine Brille. Ihr Mann wartete im Wohnzimmer auf uns, sah fern.

Wir setzten uns und tranken Cocktails, die er in seiner luxuriösen Bar mixte, die komplett aus Eichenholz bestand, wie er uns stolz erzählte. Er hatte einen riesigen Bauch und einen dicken weißen Bart. Wir redeten über Politik und tranken eine Menge. Sie verdunkelten den silbernen Bildschirm. Legten statt dessen eine CD mit Weltmusik auf, die sie vor einer Woche angeschafft hatten, mit der sich die beiden brüsteten, als sei es das Beste, was sie in ihrem ganzen Leben gehört hätten. Sie dimmten auch die Lichter. Schließlich, in einem Moment der Stille, nahm der Bärtige meine Frau in ein anderes Zimmer mit. Ich blieb mit seiner Frau zurück. Wir begannen im Wohnzimmer zu knutschen. Ich steckte ihr die Hand unter den Rock, sie trug keine Unterhosen und war schon ziemlich naß. Wir waren relativ schnell fertig, es schien, als ob auch sie gekommen sei, und lagen nackt auf dem elfenbeinfarbenen Ledersofa. Der Lederbezug war kalt, und der Schweiß ließ ihn an meinem nackten Körper kleben. Die CD war zu Ende, aber es war keiner da, der sie ausgetauscht hätte. Ich glaube, wir umarmten uns, als sich plötzlich knarzend die Holztür öffnete. Der älteste Sohn des Paares kam nach Hause, begleitet von zwei seiner Freunde. Sie waren fast zu jung, um meine Schüler zu sein. Ich werde nie seinen Blick vergessen. Wir zogen wie geprügelte Hunde von dort ab. Tränen der Scham würgten in meiner Kehle. Matilda wollte, daß wir zusammen schliefen. Ich ging auf meine Terrasse, fragte mich, ob dieser Mann es noch geschafft hatte, in ihr zu kommen. Als ich wieder hineinging, schlief Matilda schon, in ihren Armen Bar, unsere kleine Tochter. Bar beharrte darauf, bei uns zu schlafen, immer wenn sie Alpträume hatte.

Eine Woche lang redete ich nicht mit Matilda, bis ich ihr verzieh. Sie versprach mir, daß wir mit dem Unsinn aufhören würden. Daß es von jetzt an nur wir beide seien. Sie ließ mich sie sogar in den Hintern vögeln, etwas, das sie immer haßte. Sie sagte auch immer, sie könne nicht, weil sie seit den Geburten Hämorrhoiden hatte.

Das Leben ging weiter seine Bahn, und ein stürmischer Winter brach plötzlich aus. Anfang Dezember hatte ich schon das ganze Material für meine Doktorarbeit gesammelt. Wir luden meine gesamte Kerntruppe zu einer Party ein. Wie üblich war Matilda die Schönste am Platz. Ich fing an, mich wirklich gut zu fühlen. Die gleichen Geschichten von früher, der gleiche Lärm der Menge. Draußen war die Nacht klar und gefroren. Der Mond war voll und beschien die Kreidefelsen und die Wiesen. Nachdem alle gegangen waren, räumten wir zusammen das Haus auf und schliefen miteinander. Wir redeten wirklich miteinander. Wie früher über alles. Über die Lust, über den Tod. Über die Kinder und den Kredit. Ich erzählte ihr sogar von meinem ersten Mal und von Emma.

An Silvester waren wir zu einer Party im Haus einer Apothekerin eingeladen, die mit meiner liebsten Matilda zusammenarbeitet. Es waren über hundert Leute da, älter als wir, behaart und dick. Ein Teil trug nur eine Maske vorm Gesicht. Kondome und Kerzen waren in allen Ekken verstreut, in einer eigenen netten Unordnung. Gefärbte Milch, hauptsächlich rot, war ausgegossen worden und auf den senfgelben Bodenfliesen gestockt. Alle Möbel waren mit dünner Nylonfolie überzogen, um sie vor dem Menschen und seinen Körpersäften zu schützen. Eine Minute nachdem wir angekommen waren, hatte ich Matilda bereits verloren, sie hatte sich ausgezogen, wie sie es bei solchen Ereignissen gewohnt war, und im Nu sah ich sie parallel mit drei Männern schlafen. Meine Frau jaulte wie eine läufige Hündin. Ich setzte mich still aufs Sofa, nackt und verschämt, peinlich berührt auch von dem Kontakt des feuchten Nylons mit meiner Haut. Die Alten waren die wildesten, sie waren so beschäftigt mit ihrem Treiben, daß sie nichts um sich herum sahen. Neben mir saß ein Mädchen, das mindestens zwanzig Jahre jünger war als ich. Nackt, die Beine von sich gestreckt. Um ihre Oberschenkel herum zeichneten sich rote Reibungsspuren ab. Ihre weißen Hände waren mit Brandnarben übersät. Sie war die einzige, die kein Interesse an dem beängstigenden Totentanz erkennen ließ, der hier stattfand. Sie sah aus, als phantasiere oder träume sie. Sie erhob keinen Einspruch, als ich mich auf sie legte, möglicherweise gefiel es ihr. Eine Sekunde bevor ich kam, schaltete jemand den Fernseher ein. Es hatte einen schweren Terroranschlag gegeben. Wie eine stille Welle versiegte alles. Hundert Leute reifen Alters und naß von Körperflüssigkeiten sahen still und splitternackt den Berichten zu. Riefen Familienangehörige an. Ich hätte sie so gern weitergevögelt, das Ganze ignoriert. Das Blut ignoriert.

Nachdem wir besonders starken und beschissenen Stoff geraucht hatten, war Emma fast gestorben. Wir entfernten uns von der Stadt und parkten neben einer kleinen sprudelnden Quelle. Sie hatte die ganze Nacht Brechdurchfall. Ich konnte nur ihre Hand halten, ihr Mut zureden und sie säubern. Sie schlief weinend ein. Am Morgen erzählte sie mir, daß sie geträumt hatte, sie schlafe mit Tigris. Der Morgen und der Frühdunst verliehen ihr rosarote Wangen. Das war genau einen Monat, bevor ich nach Hause zurückkehrte. Jeder Mückenstich, den sie abbekam, schwoll an und rötete sich vom Kratzen. Das machte sie nur noch schöner.

8

Wir kamen extra zum Tanzfestival, die ganze Familie mit einem Direktflug, um Molly tanzen zu sehen. Sie tanzt seit zwei Jahren in der Gruppe »Hora Los Angeles« im jüdischen Freizeitclub in unserer Synagoge. Jetzt verläßt sie in zwei Monaten das Haus, um auf ein College zu gehen. Sie wird eine erfolgreiche Anwältin wie ihr Vater werden. Das ist das zweite Mal, daß ich und Avner Israel besuchen, seit wir es Anfang der siebziger Jahre verlassen haben. Avner war einmal ohne mich da, im Jom-Kippur-Krieg, fuhr hin, um für dieses schlechte Land zu kämpfen. Molly ist entschieden hübsch und klug, eine Spur mollig, aber meiner Meinung nach mehrt das ihren weiblichen Charme. Wir wollten nie, daß die Kinder Israel besuchen, vielleicht hatten wir Angst, daß sie dem Zauber dieses Landes erliegen würden, dessen starke Seite nicht gerade die Zurechnungsfähigkeit ist. Wir zogen es vor, daß sie nur Juden wurden. Avners Bruder ist am Suezkanal gefallen, und so ist Avner der einzige seiner Familie, der am Leben ist. Meine Eltern lebten immer in Los Angeles und halfen uns sehr am Anfang. Man kann zusammenfassend entschieden sagen, daß ich eine glückliche Frau bin.

Wir waren mit Mollys ganzer Gruppe im gleichen Flugzeug, aber wir flogen Business Class. Molly saß mit ihnen zusammen. Es tat mir leid, daß Adam, der Älteste, nicht mit uns reiste. Er war mit Proben beschäftigt, er studiert Theaterwissenschaft in New York. Sie führen jetzt »Früchte des Zorns« auf. Er hat mir gesagt, daß er den Prediger spielt, wenn ich mich recht erinnere, die Hauptrolle. Zum Abschluß des vergangenen Semesters spielte er den Jago in »Othello«, und meiner Meinung nach hat er die Vorstellung gerettet. Adam hätte nicht wie Molly darauf beharrt, mit dem Rest der Gruppe zusammenzusitzen, sondern wäre mit uns in der Business geflogen. Er weiß, wie man das Leben genießt. Nur einmal haben wir mit ihm gestritten, als er mit achtzehn nach Israel wollte, um sich zum Militär zu melden. Ich legte mein Veto ein. Das war direkt nach der Zeremonie der Grabsteinenthüllung, und ich wollte nicht noch einen Sohn verlieren. Eine Mutter, die einen spätgeborenen Sohn durch Krebs verliert, kann nicht zulassen, daß sie auch ihren ältesten Sohn in einer dummen Armee in einem barbarischen Land verliert. Wir landeten um vier Uhr früh, am Sonntag. Ich war positiv überrascht vom Flughafen, ich hatte ihn primitiver in Erinnerung, mir schien, als hätten sie ihn renoviert. Sich selber haben sie nicht renoviert, die gleiche lautstarke Unhöflichkeit. Mollys Truppe sah erschöpft, zerrupft aus. Der Autobus wartete draußen auf uns, weiß mit violetten Flecken.

Avner fing an, mit dem Fahrer zu reden, brannte darauf, sein Hebräisch zu üben. Der Fahrer war aber ein Araber aus Sachnin. Röte kroch in Avners Wangen, meinen Mann regte das Ganze ziemlich auf. Nach siebenundzwanzig gemeinsamen Jahren kenne ich ihn gründlich. Wir sind die einzigen in der Delegation, die Hebräisch sprechen, nicht einmal Molly hat jemals die heilige Sprache gelernt. Als Adam vor zwei Jahren vom zionistischen Bazillus befallen wurde, versuchte er, Hebräisch zu lernen, er dachte, wir würden ihm üben helfen. Alle Tänzer sind still auf den Sitzbänken eingeschlafen, die in einem erschütternden Grüngrau gepolstert waren. Es gibt einen Jungen, der die ganze Zeit an unserer Molly klebt, er ist nichts für sie, sie ist viel talentierter als er. Sie braucht einen ernsthafteren Jungen, der mit beiden Beinen auf dem Boden steht. Schade, daß Adam nicht da ist, Molly hat immer auf ihn gehört. Ich bin auch auf der vorderen Sitzbank eingeschlafen, wobei ich im Hintergrund Avner begeistert schwatzen hörte.

Wir trafen in den Mittagsstunden in der Stadt ein, ich hatte ganz vergessen, wie heiß es hier ist. Wir traten durch ein violettes Tor in das Gymnasium, das notdürftig in eine Unterkunft für die Tänzer verwandelt worden war. Ein junger Mann mit Bauch und Lockenkopf nahm uns in Empfang. Er trug mit blödsinnigem Stolz eine grauenerregende Goldkette. Mir schien, unser junges Gemüse törnte ihn an. Er war sehr höflich und gab uns zwei Klassenzimmer, eines für die Mädchen und eines für die Jungen, wie ich es im voraus verlangt hatte. Nie im Leben würde ich meine Sprößlinge in eine Schule schicken, die so aussieht. Dermaßen schmutzig und heruntergekommen. Unsere Gruppe traf fast als erste ein, es herrschte also noch Ruhe. In den Zimmerecken angeschimmelte Matratzen auf einem auseinanderfallenden Haufen und an der Tafel noch eine Lektion vom Jahresende. Die Gruppe zog sich zurück, um vor der Probe am Abend zu schlafen. Ich und Avner gingen in das einzige Hotel in der Stadt, wo ein Zimmer auf uns wartete. Schlomi, so hieß der junge Mann, der für die Übernachtung der Tänzer verantwortlich war, fuhr uns hin. Er lachte, als ich ihn fragte: »Wo findet man hier ein Taxi?« Nie im Leben habe ich einen derart geschmacklosen, roten Ort gesehen wie dieses Hotel. Die einzige Aussicht vom Fenster aus war ein altes, verödetes Ladenzentrum. Avner ging israelische Zeitungen kaufen. Ich habe gelernt, seine Stille zu respektieren. Er ist so ein

Mensch, der eine eigenartige Ruhe braucht. Adam ist mehr wie ich in seinem Verhalten, und überhaupt.

Am Abend, als ich aufwachte, erschrak ich furchtbar, Avner war noch nicht zurück. In diesem Land können sämtliche schlimmen Dinge passieren. Zehn Minuten später kam er zurück, entschuldigte sich, er war einfach in dem Städtchen spazierengegangen. Er sagte, es sei eine bezaubernde Kleinstadt. Ich verlasse mich immer auf ihn, er ist ein zuverlässiger Typ. Wir gingen zu Fuß Molly besuchen, Avner kannte den Weg bereits. Die jungen Leute waren schon aufgewacht und fingen an herumzutoben. Es gefiel mir nicht, daß die Jungen ins Zimmer der Mädchen gingen, es gehört sich nicht. Es gibt Mädchen, die weniger gut erzogen sind als meine Molly. Was sollte ich ihren Eltern sagen? Am meisten fürchtete ich die einheimischen Jungen, schon als ich hier wohnte, schienen sie mir zu unverschämt und sinnlich. Avner im Kibbuz war genau so ein Typ. Vielleicht habe ich mich deshalb in ihn verliebt. Man sagt, vor mir war er der King bei den weiblichen Freiwilligen. Genau solche Typen wie ihn möchte ich von meiner hübschen Molly fernhalten. Wir gingen mit den Tänzern zur Probe. Sie traten in einem riesigen grasbewachsenen Amphitheater in der Hauptvorstellung zusammen mit gut zwanzig Gruppen auf. Vom Ausland waren wir die einzigen außer der Gruppe aus Peru mit Indianertänzen. Der Berg gegenüber war groß und schön, wir sahen die Johannisbrotbäume an seinen Flanken. Während wir gingen, suchte mein Blick immer nach Adam, ich hatte das Gefühl, er sei bei uns, ginge hinter mir her. Ich fing an, den Ort und die Atmosphäre zu genießen.

Diese Stadt ist gar nicht so schrecklich, sie ist nicht direkt Israel. Das Festival fängt in zwei Tagen an. Ich heftete mich an Molly, um sie von dem Jungen fernzuhalten.

Ich hatte Angst, daß sie die Reise ausnutzen würde, um als Abschiedsgeschenk mit ihm zu schlafen. Bevor sie das Nest verläßt und mich und Avner allein zurückläßt. Die ganze Nacht arbeiteten sie, hängten Fahnen und Dekoration auf. Bliesen Riesenballons mit verschiedenen Produktnamen auf, von denen ich die meisten kannte. Es tat mir so leid, daß Adam nicht bei uns war, er hätte es mehr genossen. Ich hasse es, vor meiner Familie zu weinen, also entfernte ich mich dazu in die Sommernacht.

9

Und nach einem Jahr der Durchgangswanderungen, ein Jahr, in dem sich seine Seele in einem Meer von Wellen erhob, zwischen den klaren Wassern, Ansichten, Erinnerungen, Stimmen und Klängen, und sich nur ab und zu die Haustür zeigte und daneben wie immer die Blumentöpfe, Bilder aus seinem Leben mit endlosem Lärm, gelangte die Seele meines Vaters zu ihrer letzten Ruhe. Jeden Freitag zündeten wir Schabbatkerzen an, damit er den Weg zu uns, zu seinen Lieben, fände.

Und nach einem Jahr der Qualen wurde mein Vater zusammen mit vielen anderen Guten gerufen, um in einem Prozeß vor Gott den Staat der Juden zu verteidigen. Fakkeln, rote Wachsfackeln in der offenen Halle der Gerechtigkeit. Die Seraphim saßen alle auf der Seite von Jahwes Thron. Die Größe des Publikums und der Halle war gewaltiger, als die Lebenden unter uns erfassen könnten. Drei Cherubim versahen das Werk der Anklage, weder mit Verlangen noch mit Abscheu. Ihre Flügel brannten und wurden nicht vom Feuer der Rechtfertigung verzehrt. Sogar Sama'el, den Helfer des Satans, brachten sie her, damit er als Leumundszeuge diente.

Der Engel der Gerechtigkeit hob mit seiner Rede an: Gerechtigkeit, Gerechtigkeit, Gerechtigkeit soll angestrebt werden, und wird nicht im Staat der Juden die Gerechtigkeit zerfleischt, und wird nicht das Recht für Bestechungsgelder an die Regierung verkauft? Hat nicht das auserwählte Volk gewählt, Jahr um Jahr ein anderes Volk zu knechten? Habe ich sie nicht in Häuser gehen sehen, die nicht die ihren sind, in einem Land, das nicht das ihre ist, und im Namen eines falschen Messias und im Namen der Angst den Besitz anderer zerstören sehen? Ich stand mit jenen Schützen und sah, wie sie Mutter und Schwester erniedrigten, den Vater vor seinen Kindern und den Großvater, auf daß er vor seiner Nachkommenschaft stehe und ihre Seelen vor dem Himmel. Und ich habe Kenntnis, wie sie dem greisen Bruder verwehrten, seinen Bruder auf dem Krankenlager zu sehen, einem Kranken, Behandlung zu erhalten, und kein einziger Gerechter war in Sodom. Keine helfende Hand, und die Augen der Kinder sind entzündet, geschwollen. Ich habe sie Frauen und Kleinkinder töten sehen ohne Einhalt, und keine Hand, die sich gegen diese Schmach erhob. Schlimmer noch, ich sah sie den anderen mit Gefallen foltern, mit Freude erschießen. Über ihre Narren und über ihre Bösewichter jubelten sie, und einem anderen Menschen Schmerz zu bereiten freute sie.

Damit schloß er seine erregte Rede, und seine Flügel schlugen unwillkürlich und trugen ihn hoch hinauf.

Da erwiderten ihm die Juden, die dort waren: Nicht mit Gefallen und mit Freude, mangels Wahl besetzten sie. Schließlich hatte Israel keineswegs aus eigenem Willen irgendeinen Krieg angefangen, aber mußte sich Israel nicht verteidigen? Und gesellten sich nicht fast jede Woche weitere reine, gute Juden der Welt der Toten hinzu, umarmten die göttliche Gegenwart wegen des Irrsinns ebenjener anderen? Das Volk Zions war doch um Gottes Frieden und Gnade bestrebt. Befanden sich nicht auch die besten unserer Söhne dort? Und bei Gott, sie waren alle gut.

Da geriet einer der Toten in Begeisterung und fügte

hinzu: Wir sind das Volk der Wahl, und sie sind nur von den sieben Völkern des Landes.

Diese Bemerkung, die im reinen Eifer lauteren Glaubens gesagt wurde, schnitt die Rede der Verteidiger ab, denn sie beschwor den Zorn des Allmächtigen herauf. Und er zürnte: Das Volk der Wahl seid ihr, da ihr die Macht und die Stärke in euch habt, daß ihr zwischen gut und schlecht in meinen Augen unterscheiden könnt. Seine Stimme hallte wie in alle Ewigkeit in der Halle.

Da stand der zweite Engel auf, der Engel der Einsicht. Und wie ein Pate begleitete ihn donnernd der Engel des Wissens. Ihre Sprache war einfacher, menschlicher und besser. Sie waren viel überzeugender und entflammten mit Absicht das Publikum: Wo sind das Wissen und die Einsicht im Staate Israel? Ist dieser Staat nicht dazu gemacht, um Dummheit und Torheit zu fällen? Ihre gute, heilige Religion haben sie von ihrer Hauptsache abgebracht und das Herz rabbinischen Haarspaltereien übers Händewaschen zugewandt. Und die Verantwortung und das Denken des Menschen lenkten sie auf Zaubereien und Amulette in zweifelhaftem Tausch und gaben ihnen übermäßiges Vertrauen in den Trug der Stiftshütte. Und das Volk verehrt jede Nachahmung und Torheit, und die Dummheit wurde zum Zweck der Gelehrten und zum Exempel für die Lehrer der Kinder. Dafür gilt es, sie zu vernichten. Sie haben die hebräische Sprache herabgesetzt und vergewaltigt. Haben die Seele des Menschen in sich abgetötet. Zu Schmach und Armut haben sie sich selbst verurteilt als Lohn des Krieges, und trotzdem wählten sie Krieg. Und wie soll ohne Einsicht Gerechtigkeit hergestellt werden? Die Macht beherrscht ihre Herzen, die unfruchtbare Wahl regiert in ihnen.

Da antworteten die Verteidiger aus einem Mund: Sie

hatten doch die hebräische Sprache und Kultur von neuem aufgebaut. Nie hatte es so viele Schriftsteller, Maler, Künstler gegeben – deren Muttersprache von Geburt an Hebräisch war.

Doch in allen wuchs die Verzweiflung, die Mehrheit des Publikums der Geister war entschieden gegen sie. Sie wußten, sie würden keinen Erfolg haben, und die Ankläger fuhren fort, Zeugen und Beispiele aufzuführen. Das Wachs der roten Fackeln lief zur Erde hinab, kühlte ab, gerann auf dem Weg.

Als letzter stand der Engel des Erbarmens auf. Klagte in blumiger Sprache, in gebrochenen, unzusammenhängenden wehen Sätzen darüber, daß es nicht einmal zwischen dem Menschen und seinem Nächsten noch Mitleid und Erbarmen gebe. Sie vergewaltigten, mordeten, plünderten, keine Gnade für den Fremden, die Waise und die Witwe, für den Greis und den Elenden im Misthaufen. Gegenüber einem anderen menschlichen Wesen fühlten sie gar nichts, außer wenn sich ein Fernsehmoderator an sie wandte und eine Träne vergoß, die mit Geld erkauft war. Dann würden auch sie eine wohltätige Spende hergeben. Sogar das Mitleid der Menschen, das letzte Bollwerk, hatten sie zu Mammon verwandelt.

So beschloß er seine Rede, wobei er schluchzte. Er war immer so empfindsam.

Da stand mein schöner, kluger und guter Vater auf und sagte: Mein ganzes Leben wollte ich in diesem Lande leben, es aufbauen, es lieben. In jeden Krieg ging ich, um dieses Werk zu behüten, meine Kinder zu behüten, die zum Teil noch nicht einmal geboren waren. Ich habe mir ein Haus errichtet und meine Nachkommenschaft erzogen, damit sie gute Menschen werden. Und es gibt noch viele wie mich, es gibt noch viele wie sie, es gibt auch andere.

Ich bin sicher, daß er im Geiste unsere schöne traurige Stadt vor sich sah, die Tausende Menschen, Dutzende Kunstwerke und Tausende Geschichten enthält, zwischen den Bergen, Hügeln und antiken Tels von Galiläa. Die Lieder des Landes und der Pionierbewegung, die sie sangen, als beteten sie für alle Genossen und Felder. Wie habe ich mich da nach ihm gesehnt, obwohl ich dachte, daß er sich irrte.

Die lärmende Menge wurde feurig zum Schweigen gebracht, und er hob zu sprechen an: Eine letzte Gnade werde ich dem Volk in Zion erweisen. Alles, was ihr geschaffen habt, zerstreut in alle vier Ecken der Welt, nur damit man weiß, daß ihr wart. Und dies ist die letzte Gunst, die ich euch gewähre, auf daß euer Andenken nicht von der Erde getilgt wird.

So besiegelte er seine Worte, und der schöne Geist Gottes spazierte auf der finsteren Erde, besah sich die rötlichgelben Lichter, die Rasenflächen im Mondlicht, die Friedhöfe, die Kiefern, die hier gepflanzt wurden.

Und ich erwachte am Ende des Traums, in dieser Stadt, und ich hatte niemanden zu umarmen, also schlief ich allein wieder ein. Froh darüber, daß ich meinen Vater im Traum gesehen hatte, es gab mir das Gefühl, daß er noch bei uns war. Der Traum war für meinen Geschmack zu detailliert und stimmte nicht. Die Toten reden nicht in irgendeiner Sprache der menschlichen Wesen, falls sie überhaupt reden. Und außerdem hatte mir Hiob gefehlt. Ich hätte doch gar zu gern sein grünliches Gesicht bei der Urteilsverkündung gesehen.

10

Wie hält man eine Trauerrede für einen sechsjährigen Jungen?

Wie erzählt man von einem Engel, der gestorben ist, wahr, rein und schön? Vielleicht fängt man so an: Ofek, ich habe dich geliebt. Du warst so lauter und rein. In den dreißig Jahren, in denen ich Erzieherin bin, habe ich kein Kind getroffen, mit dem ich mich so schnell verbunden fühlte. Als hätten wir uns schon in einem anderen Leben gekannt. Mit der gleichen Eile trenne ich mich von dir.

Ich wollte dich nur schützen, Ofek, vor der grausamen Welt. Meine Flügel über dich breiten. Ofek, ich muß dir gestehen, die Welt ist tatsächlich grausam. Entschuldige, die Tränen ersticken mich, sie würgen mich wirklich, machen das Reden schwer, diese Klage um dich, Ofek. Wie konnte dich dieser Mensch, der dich überhaupt nicht kannte, dieser grausame Unhold, aus dem warmen Schoß der Familie entführen und dich mit seinen üblen, bösen Händen ermorden.

O ihr Himmel, ich frage euch, wie konntet ihr schweigen, als man Ofek, so blutjung, mit einem Schlachtmesser zerschnitt? Wieso brach kein Schrei vom Himmel, aus der Erde, aus dem schweren Land – streck deine Hand nicht nach dem Jungen aus. Wieder würgen mich die Tränen. Nur eines kann ich Ofeks wunderbaren Eltern sagen, die sich heute mit uns am offenen Grab befinden, und der ganzen großen Gemeinde, die sich hier versammelt hat:

Erinnert euch an Ofek.

Erinnert euch an ihn, so wie er hier vor uns auf der Marmorplatte ruht, eingehüllt in Leichentücher, gut und wahr und rein. Man kann die Konturen seines Körpers noch sehen. Ich weiß, daß ich mich für immer und ewig an dich erinnern werde, mein Ofek. Ich hoffe aufrichtig, daß es ein Leben nach dem Tod gibt. Möge dein Andenken zärtlich sein, mein Ofek. Der Himmel steh uns bei. Amen.

11

In den langen Tagen der Trauerwoche wachte ich jeden Morgen in Panik auf und las als erstes die Zeitung aus nackter und berechtigter Angst, daß ausgerechnet jetzt, wo ich es nicht genügend mitverfolgte, ein Krieg über uns hereinbrach. Erst damals begann ich, zu Hause zu rauchen. Dieser ganze Tod machte mich auch geiler, aber meine Freundin ... Und die Tage liefen mit einer Art immer wiederkehrendem eigenem Kreislauf ab. In der Früh waren wir mehr oder weniger allein, nur die enge Familie, dann trafen allmählich Leute ein, bis sie am Abend immer schon massenhaft da waren. Mein armer Hund war von der neuen Situation und der Menge der Menschen verschreckt. Er wurde aggressiv, versuchte jeden zu beißen, der ihm nahe kam. Das war klug von ihm. Es war damals Anfang des Sommers, exakt Sommerbeginn. Die Stadtverwaltung lieh uns Tische und Stühle aus diesem flaschengrünen Plastik. Wer den Hof unseres Hauses von außen sah, war sicher, daß bei uns eine verfluchte Hochzeit stattfand. Eine Hochzeit mit dem Tod, dem Schmerz und der Erinnerung, die genau die sieben Tage und sieben Nächte der Trauerwoche dauerte. Sie hatten sich auch darum gekümmert, eine Kette mit bunten Lichtern für die sich in die Länge ziehenden Nächte zu besorgen. Jeder, der uns kannte, kam vorbei, und das war gut so. Manchmal trug uns das Lachen davon, wir vergaßen mit Freunden, die eintrafen, und manchmal nicht. Es gab auch viele Leute, die kamen und nicht wußten, was sie sagen sollten.

Sie saßen einfach bloß da und schwiegen, manchmal zierte ein schwachsinniges Lächeln ihr Gesicht. Ein Teil von ihnen versuchte, einen verstehenden Blick aufzusetzen. Sie waren sicher, dir damit einen großen Gefallen zu tun. Fühlten sich wenigstens andächtig. Das Begräbnis selbst brachte ich ruhig hinter mich, weil ich zwei Beruhigungspillen geschluckt hatte. Nie werde ich den in die Tücher gehüllten Leichnam meines Vaters vergessen, wie er in die gelbliche Grube hinuntergelassen und bedeckt wurde. In den Nächten scheuerten wir erschöpft das Haus. Danach trank ich, um einzuschlafen. Eine Gewohnheit, die ich bis heute nur schwer loswerden kann. Es gab ein oder zwei Mal, wo ich alle ignorierte und ein bißchen in der Stadt joggen ging. Vor zwei Monaten erst, als ich auf Militärurlaub da war, bin ich genau die gleiche Strecke gelaufen, mit der Uhr, die ich mir von meinem Vater geliehen hatte, am Handgelenk. Ich hätte mir so gerne eingebildet, daß es nur ein Traum sei, und wenn ich vom Laufen zurückkäme, wäre alles wie gewöhnlich. Es ist doch die gleiche Stadt, ausgebreitet auf den Hügeln, die da mit rötlichgelben Pionierlichtern in der Nacht schlummert. Ich verbesserte meine Laufzeit sogar um vierzig Sekunden, eine bedeutende Verbesserung. Zwei Blumen, die nur einmal im Jahr blühen, beschlossen, ausgerechnet in der Trauerwoche aufzugehen. Sie waren schneeweiß und öffneten sich nur in der Nacht. Für mich waren sie ein mystisches Zeichen für Liebe, wir fotografierten sie mit einer Digitalkamera, die der Sohn meiner Nachbarn mitbrachte. Jemand bot mir und meinem Bruder auch an, Marihuana zu rauchen. Es tut mir bis heute leid, daß ich abgelehnt habe. Das Haus war voller Schlaftabletten. Diverse Ärzte, die wir kannten, hatten sie mitgebracht, als versuchten sie, auf ihre seltsame Weise zu helfen. Es trafen auch Reporter von einer großen Zeitung und der Lokalzeitung ein. Wir redeten eine Stunde lang, alle Kinder, und am Schluß nahmen sie zwei Ausschnitte von dem, was mein Bruder gesagt hatte. Zumindest wurde gesagt, es sei respektabel geworden. Es ärgerte mich, daß sie meinen Vater als den ruhmreichen Kämpfer bei den Fallschirmspringern herausstrichen. Es ist komisch, wenn eines Menschen, der Kriege haßte und sich kein einziges Mal in seinem Leben damit brüstete, sondern immer mit Kummer und Widerwillen davon sprach, als Kämpfer gedacht wird. Er war bei der kämpfenden Pionierjugend und nicht bei der Fallschirmtruppe, wie sie schrieben. Vaters Sachen bekamen wir von der Polizei, voll mit seinem braun verkrusteten Blut. Seine zerbrochene Brille legten wir in aller Stille mit ins Grab, keiner sollte es sehen. Ich ging mit meinem Bruder und mit meinem Onkel dorthin, sie sagten, sie hätten mir etwas zu erzählen. Eine Sekunde lang fürchtete ich, sie wollten mir erzählen, daß mein Vater eine Geliebte hatte. Doch sie wollten mir einfach nur das mit der Brille sagen. Mein Vater war nie im Leben der Typ, der betrogen hätte. Ich bemühte mich, daß mich niemand weinen sah. Ich gönnte ihnen die Genugtuung nicht. Nur die Berge schlossen meine Stadt ein. In den toten Zeiten saß ich draußen im Gras, versuchte, den »Clan des Bären« zu lesen, um die Zeit endlich herumzubringen, ließ die Vergewaltigungsstellen aus. Zu meinem Glück gab es an diesen Sommerabenden einen kühlen Wind.

12

Es gibt Filme über alle möglichen Priester oder Rabbiner, die Krüppel nehmen und sie mit höherer Gewalt zum Gehen bringen. Ich denke, in weniger glanzvoller Form ist das genau meine Arbeit. Obwohl meine Erfolgsquote viel niedriger ist. So erzähle ich immer von mir selbst bei der ersten Begegnung. Jemanden neu kennenzulernen ist so was von mühsam, aber allein zu leben, so wie ich, ist noch viel ermüdender. Als ich in diese Stadt zog, wußte ich, daß das Angebot an Junggesellen gering ist, aber ich habe mir nicht vorgestellt, daß die Lage dermaßen unglücklich ist. Es ist auch ziemlich komisch, daß es in dieser Stadt genau zwei Orte zum Ausgehen gibt. Ich gehe die meiste Zeit nur zu einem. Es gab Wochen, da vertrieb ich mir die Zeit an diesem Ort, der sich »Die Veranda« nennt und schon seit fünf Jahren in fürchterlichem Senfgelb gestrichen ist, drei Abende die Woche jedesmal mit einer anderen Verabredung. Meine Eltern haben mir auch finanziell geholfen. Seit ich ihnen gesagt habe, daß ich nicht mehr lesbisch bin und Tamar verlassen habe, haben sie mir die ganze Zeit Geld zukommen lassen. Sie wollten endlich Enkelkinder. Drei Jahre habe ich mit Tamar zusammengelebt. Wir haben sogar Belsazar zusammen großgezogen, eine dicke Siamkatze. Und dumm.

Vor Tamar hatte ich einen Freund, mit dem ich auch drei Jahre zusammenlebte, aber das zählt nicht, denn Adam war Kompaniekommandeur in der Armee, und ich habe nicht viel von ihm gesehen. Der Knackpunkt kam, als wir zusammen nach Galiläa fuhren, nachdem ich ihn einundzwanzig Tage nicht gesehen hatte. Wir wollten eigentlich unsere drei Jahre zusammen feiern, ich hatte mich schon seit einer Woche darauf vorbereitet. Ich machte eine Wachsbehandlung, sogar beim Schamhaar, weil er einmal gesagt hatte, daß ihn das anmachte, ließ mir die Haare schneiden und färbte Henna rein. Er kam müde wie üblich an. Ich las ihn oben in Kiriat Schmona auf, er war damals gerade im Einsatz im Libanon. Es war ein sommerlich heißer Mai damals. Wir fuhren auf einer gefurchten Straße vom Chulehtal zu den Golanhöhen hinauf, und unterwegs bog ich in einen Sandweg zu den Fischteichen ab, um ihn zu küssen. Das war ein Problem, das ich mit Tamar nie hatte, sie wollte immer mindestens so viel küssen wie ich. Wir fingen an, uns unter einem riesigen Eukalyptusbaum zu küssen, als mich plötzlich ein donnernder Lärm in die Höhe schreckte. Ein Mann, der dort an den Teichen vorbeikam, vertrieb Vögel mit einem Jagdgewehr. Er fuhr auf einem roten kleinen Traktor und hatte bloß Unterhosen und eine Art Stiefel an. Er schaute uns eine Sekunde an, beschloß dann innerlich, daß wir unschädlich waren, und machte sich aus dem Staub. Genau als ich mich beruhigte und mein Herz nicht mehr klopfte, gerade als ich anfing, mich an Adam zu gewöhnen, exakt als ich mich wieder wohl fühlte, klingelte das Mobiltelefon, das jeder Kompaniekommandeur von der Armee bekommt und das Adam nie auszuschalten wagte. Es war der Anfang des Rückzugs aus dem Libanon. Er mußte zur Armee zurück. Da wußte ich, das war unser Ende. Die Sonne färbte Galiläa blau und grün. Alles war so wunderschön.

Es gibt eine Reha-Einrichtung in dieser Stadt, und wir haben im Durchschnitt fünfundzwanzig Kunden. Darunter sind zehn Geriatriefälle, die nie mehr gehen werden. Die sind einfach so bei uns, statt ins Heim »Goldenes Alter« zu gehen, das immer überfüllt ist. Fünf Junge, die schon seit Jahren in der Reha sind und auch dort bleiben werden, nachdem ich aus dieser Einrichtung längst in ein fernes Land abgesegelt bin. Und der Rest sind Glückspilze. Sie werden noch ein normales Leben sehen. Alle Krüppel sind aus meiner Sicht an ihrer beschissenen Lage selber schuld. Von mir aus können sie krepieren.

Manchmal, bevor ich allein schlafen gehe, habe ich Sehnsucht danach, mit Tamar zu schlafen, obwohl ich mich in der Zeit, in der ich mit ihr zusammen war, immer bei Adam beklagte, daß mir das endgültige, komplette Eindringen fehlt, die vollkommene Vereinigung. Ich weiß nicht, warum ich ihm das erzählte – anscheinend wollte ich, daß er sich gut fühlte. Wir waren drei Jahre zusammen, ich liebe ihn wie einen Bruder. Ich habe die Art geliebt, wie mich Tamar berührte, ohne Hast. Wenn wir fertig waren, roch ich an den Laken (wir hatten immer bestechend glatte Satinlaken). Ich liebte die Geruchsmischung von uns beiden. Zusammen mit der Kombination von Shampoo und Parfüm war das der beste Duft der Welt. In einer bestimmten Phase dachten wir daran, ein Mädchen zu adoptieren oder daß ich durch eine Samenspende schwanger werden sollte. Tamar war nicht feminin genug für eine Schwangerschaft. Sie war einfach zu scharf, schade um ihre perfekte Figur. Es war uns beiden klar, daß die Mutter bei einer Schwangerschaft nur ich wäre. Sie war eine weibliche, kraftvolle Schönheit. Sie fuhr auf Puppen ab, die sie selbst nähte, alles süße kleine Ungeheuer. Das war auch ihr Beruf, sie war Puppenmacherin, meiner Ansicht nach die beste im Land. Bevor wir uns kennenlernten, hatte sie sich im Studio von Jim Hanson in Los Angeles über zwei Jahre lang ausgebildet. Dort, so erzählte sie, ging sie mit einer sehr hochrangigen Filmproduzentin. Sie, die Schöne, kehrte nach Israel zurück, als ihre Mutter starb. Als einzige Tochter sollte sie sich um alle Angelegenheiten kümmern. Wir trafen uns beim Begräbnis. Sie stand draußen vor dem schwarzen Tor, während der Leichnam kalt wurde, und versuchte, die Passanten auf der Straße zu überreden, am Begräbnis teilzunehmen.

Außer mir überredete sie gegen Geld drei Betrunkene und zwei blutjunge Talmudstudenten, es herrschte eine Sintflut. Das Ganze war absolut unwirklich. Als sie mich nachher nach Hause fuhr, erzählte sie mir, daß sie überhaupt vorgehabt hatte, Puppen, die sie extra für das Ereignis angefertigt hatte, statt eines Publikums aufzustellen, doch der Regen und der Rabbiner hatten es unmöglich gemacht. Sie hatte in einer Nacht dreiundzwanzig Puppen hergestellt, die im Kofferraum zusammengepfercht waren. Ein Strudel von Farben, Augen und Gesichtern. Zweifellos war sie irre, das war das Geheimnis ihres Zaubers. Sie hielt lustvoll meine Hand in ihrer Manteltasche und weinte leise. Nachdem die Arbeiter damit fertig waren, den Leichnam zuzuschütten, sagte sie, sie hätten ihn nicht genug zugedeckt, und warf selber noch Erde drauf. Danach trat sie den Hügel mit den Füßen fest, glättete ihn. Ich schaute mich um, um zu überprüfen, ob uns jemand beobachtete, aber wir beide waren allein übriggeblieben. Eine sinkende Sonne brach durch die Wolken. Das war exakt der Moment, in dem ich mich in sie verliebte. Der Friedhof ist eine große Wohnstatt, und seine Stimme ist das Nagen der Würmer.

Ein halbes Jahr nachdem ich und Tamar uns getrennt hatten und ich in diese Stadt gezogen war, war ich sexuell erloschen. Adam war der erste gewesen, der mich sexuell erregte. Vor ihm waren immer Jungen, die zu fest küßten und unvorsichtig Finger irgendwohin steckten, mit Gier und fehlender Behutsamkeit das lebendige Gewebe in mir verletzten. Zum ersten Mal schliefen wir an meinem achtzehnten Geburtstag im Frühling zusammen. Den Mut, ihn zu verlassen, faßte ich erst, nachdem ich meine Tamar kennengelernt hatte. Er kam müde wie immer zurück. Jungen weinen nie beim Abschied. Wenn er auch nur eine Träne vergossen hätte, wäre ich bei ihm geblieben. Wenn er nur geweint hätte. Anstatt zu weinen, saß er da und trank den Whisky, den er als Geschenk aus dem Ausland bekommen hatte und der immer auf seinem Tisch stand. Ich hasse den Geruch von Whisky dermaßen, daß ich ihn zum Abschied kaum umarmte.

Nach einem halben Jahr, in dem mich die Einsamkeit zerriß, fing ich wieder an, mit Jungen auszugehen. Erstaunlich, aber es war das erste Mal für mich, daß ich Verabredungen hatte. Der erste, mit dem ich ausging, war ein Junge, den mir eine, mit der ich arbeitete, vermittelt hatte. Sie war eine Freundin seiner Mutter. Sie versprach mir, daß er ein braver Junge sei. Er nahm mich in ein Pub in den Vorstädten von Haifa mit, kaufte mir sogar Blumen für dreißig Schekel. Seit ich und Tamar zusammen mit Blumenarrangements gearbeitet hatten, konnte ich den Preis so eines Straußes einschätzen. Er hörte nicht auf zu reden. Am Ende des Abends flüchtete ich aus seiner Klapperkiste, als er anfing, mir zu erzählen, wie sehr es ihm mit mir gefalle, daß er spüre, daß da etwas zwischen uns sei. Die Blumen ließ ich auf dem Rücksitz liegen. Ich ergriff die Flucht, ließ die Autotür offenstehen.

Nach ihm kamen hübschere und gelungenere Kandidaten. Manchmal schlief ich mit ihnen, um sie wirklich zu spüren, um zu sehen, ob sie mir wirklich paßten (manchmal ist das der einzige Weg, es herauszufinden). Die meiste Zeit haßte ich sie und mich selbst, ich hatte nicht den entsprechenden Charakter, um so zu leben, Tamar zum Beispiel hatte ihn. Sie schwitzten immer so gräßlich. Die gebrauchten Kondome bewahrte ich in meiner Schublade auf, ein stinkendes Museum von getrocknetem Samen und Dummheit. Je mehr ich ausging, desto verlorener fühlte ich mich, sie waren wirklich alle langweilig.

Adam rief mich einmal in der Woche an, immer am Freitag, immer zur gleichen Zeit, und wir lachten eine Menge beim Reden. Er hörte sich jetzt so glücklich an, ich beneidete ihn nicht.

In der Reha-Einrichtung gab es drei, die mein Spezialprojekt waren. Ich hatte beschlossen, sie als persönliches Projekt zu betrachten, auf Rat meiner Leiterin, die mich für besonders verzweifelt hielt. Es half mir wirklich. Einer von ihnen war Jakov, der einen Lebensmittelladen führte, bis er ausgeraubt und am Gehirn verletzt wurde. Er hatte motorische Probleme, hauptsächlich beim Greifen mit den Händen. Er saß auch für immer im Rollstuhl. Ich mochte ihn, weil er schlicht war und weil er auf seine persische Abstammung stolz war und behauptete, die Perser seien alle die reinsten Nachkommen des Stammes Benjamin. Weil er sich mit seinen Goldzähnen brüstete, seinen häßlichen Kindern und immer darauf beharrte, Bilder herzuzeigen, wobei seine Kinder nicht fotogen waren und er nicht fotografieren konnte. Der zweite hieß Dov, er war zweifellos schon ein pflegebedürftiges Ärgernis. Er war auf der Treppe des Einkaufszentrums zusammengebrochen, eineinhalb Wochen nachdem seine Frau gestorben war. Er hatte niemandem etwas getan, war nur von der Arbeit zurückgekehrt, bevor er hierherkam, war er der

Besitzer der Apotheke im Einkaufszentrum. Mein dritter Spezieller war berühmt. Er war am jüngsten, und vor ihm hatte ich am meisten Angst. Von allen, die in die Einrichtung kamen, war er der einzige, der aus sich selbst einen ekelhaften, mitleiderregenden Krüppel machte. Im ganzen Land war er berühmt, denn er war der Vater von Ofek, dem Engel, der entführt und ermordet wurde. Wenn wir je einen solchen Wettbewerb gemacht hätten, hätte ihn zweifellos er gewonnen: als der bestangezogene Mann in der ganzen Reha-Einrichtung (die Angestellten mit eingeschlossen).

Jakov war der einzige unter den dreien, der die Hoffnung und den starken Willen hatte, in sein verfluchtes Leben zurückzukehren. Dov leugnete nicht einmal selber, daß er mit einem Bein im tiefen, warmen Grab stand. Ofeks Vater, der früher jung und hübsch gewesen war, war vom Leben aufgerieben worden. Seine gute Frau, Ofeks Mutter, fuhr ihn jeden Morgen mit dem gleichen verfluchten Skoda in die Einrichtung, der auf der Titelseite aller Zeitungen voller Blut abgebildet worden war. Dov brachte mir am meisten Zuneigung entgegen. Er versuchte auch, mich ständig davon zu überzeugen, seine Partei bei den Stadtratswahlen zu wählen. »Versteh doch, Mädchen, sie sind die einzige aufrechte Partei, sie sind die einzigen, die sich wirklich um den Staat sorgen.« Er schämte sich, wenn ich ihn duschte. Ich haßte es, sie zu duschen, ihr Penis sah winzig, schändlich aus, sie versprühten Speichel. Wenn sie doch endlich sterben würden.

Eines Abends vermittelte mich meine Freundin, die hier an der Hochschule studierte, zu einem Blind Date mit Itai, der ungefähr in meinem Alter war und mit ihr auf die Hochschule ging. Ein Motorradfahrer mit der ganzen Pose und dieser dummen Schönheit. Er nahm mich in die

»Veranda« mit. Er war aus dieser Stadt und wohnte noch bei den Eltern. Er versuchte, das Motorrad durch die Straßen der Stadt galoppieren zu lassen, aber die Straßen waren zu kurz. Er kannte die meisten Leute, die dort saßen, und es schien, als sei er nicht glücklich darüber (er schnitt Grimassen, wenn er sie gegrüßt hatte). Das war der Moment, in dem ich mich in ihn verliebte, als er anfing, mir die ganzen Geschichten zu erzählen. »Der war mit mir in der Volksschule, wir haben zusammen Waffeln aus dem Laden des Persers neben meinem alten Haus geklaut. Siehst du diesen Häßlichen? Er ist ein kompletter Homo, hat versucht, mich anzumachen. Den Jungen mit der Brille dort haben wir immer Karnickel genannt. Das Mädchen da darf mich nicht sehen, sie ist mal mit meinem besten Freund gegangen, er hat immer über sie gelacht, weil sie sich vor Sperma fürchtet.«

Wir setzten uns, die leeren Gläser auf dem braunen Holztisch wurden eingesammelt. Ich liebte die Bilder, die im Pub hingen, Tamar hätte sie gehaßt, denn sie waren ohne irgendeinen künstlerischen Wert. Ich verliebte mich in Itai, weil seine Geschichten, die dumm und unglaubwürdig waren, ihn trotzdem zu einem ganzen Menschen machten und nicht zu einem Etwas, das nur versuchte, mich flachzulegen. Endlich ein ganzer Mensch. Natürlich legte ich ihn bei mir zu Hause flach, es war mittelmäßig plus, er zog nicht einmal ein Kondom über, und ich zwang ihn nicht, weil ich in ihn verliebt war. Er kam wirklich sehr, sehr schnell, mit einem starken Schuß. Bestimmt hatte er nicht wirklich viel Zeit. Am Schluß entschuldigte er sich und rannte davon, versuchte, den kleinen Motor des Motorrads aufheulen zu lassen.

Plötzlich hatte ich heftige Sehnsucht nach ihm, mehr, als ich mich nach Adam und Tamar gesehnt hatte. Einen Monat danach traf er in der Reha ein, sein linkes Bein war bei einem Unfall zerschmettert worden. In jener Nacht war ich die ganze Zeit durcheinandergekommen und hatte ihn Amnon genannt. Vielleicht war er deshalb davongerannt.

13

An der Straßensperre in der Nacht schlief ich ein, was ziemlich oft passiert, wenn man durchgehend jede Nacht am Checkpoint Wache steht. Die Vorsichtigen sorgen wenigstens dafür, einen von dem Paar auf Posten wach bleiben zu lassen. Ich habe immer sorgfältig darauf geachtet, daß einer wach bleibt, seit wir einmal alle miteinander im Hinterhalt in einer Bananenpflanzung bei Jericho eingeschlafen sind, und obwohl nichts passierte, ängstigt mich dieses Gefühl, daß ich auch nur eine Sekunde vollkommen ungedeckt war, heute noch. Einen Monat lang lagen wir in dieser Plantage von Einbruch der Nacht bis Anbruch der Morgendämmerung. Ich habe Schnappschüsse, die wir bei einer dieser Wachen gemacht haben, wir sehen aus wie die Truppe von Fidel und Che, grinsend und unrasiert in der Bananenplantage stehend, hinter uns der Sonnenaufgang und die verlassenen, traurigen Häuser der Vororte Jerichos.

Damals in der Nacht, in der ich an der Straßensperre einschlief, hatte ich einen kabbalistischen Traum. Er war ohne Bilder, bloß so eine gräulich-grünliche Dunkelheit, und in dieser Dunkelheit kam nur eine kompetente Stimme, die in einer Endlosschleife wiederholte: »Die Toten sprechen nicht in der Sprache der Menschen.« Als ich den Traum danach mit einem Rabbiner von meinem Freund prüfte, sagte er zu mir, es gebe in der mündlichen Überlieferung eine Stelle, die genau mit diesen Worten ende. Schaudererregend. Er hat sicher bloß versucht, mich zur

Religion zurückzuholen. Sowohl der Traum als auch seine Auslegung fanden in den gleichen halbdunklen Stellungen aus Eisenbeton statt. Der Mond über den gezackten Straßenschwellen und den Füchsen, zerstückelt über den Stacheln der Sperren. Die Berge gegenüber den Menschen, die immer so kleinlich sind. Diese Kombination aus dem Sodbrennen von massenhaft Kaffee, Nobels Auslese, zerdrückten Kinderriegeln und Mißhandlung von Bürgern hat einen Namen: der Checkpointbrand. Ein einzigartiger Geschmack.

Komisch, daß ich trotz dieser ganzen unerträglichen Realität nur an Hamlet denken konnte, der den Geist seines schönen Vaters trifft. Ich dachte daran, wie der schwarze Prinz auf den schneegefrorenen Mauern steht, sich ans Licht der Fackeln drängt, ans frostklirrende Geländer. Schneeklumpen kleben in seinem roten Bart, schmelzen daran. Ich stellte ihn mir vor, wie er auf den verschneiten Boden unterhalb der Mauern blickt, auf die riesigen Rosensträucher, die hauptsächlich zur Verteidigung gepflanzt wurden, aber auch der Schönheit wegen, während plötzlich die Gestalt seines Vaters auftaucht, genau zur gleichen Stunde, zu der er allen Schildwachen bereits vor einigen Tagen erschienen ist. Die Pupillen des Vaters, die immer blau waren, sehen nun wie jener vereiste Teich aus, aufgesprungen von den Schritten der Sterblichen, die in Waffen über ihn gezogen sind. Der arme Hamlet weiß nicht, ob er sich fürchten oder losrennen soll und seinen harnischgeschmückten Vater umarmen, also verharrt er angenagelt auf seinem Platz. Der Geist seines Vaters versucht zu sprechen, aber die Sprache der Toten ist dem jungen Hamlet nicht verständlich. Der tote König versucht fast eine Stunde lang, ihm zu erklären, daß er mit Schlangengift von seinem Bruder ermordet wurde, doch er scheitert und kehrt geschlagen mit rostquietschender Rüstung zu den Sümpfen zurück, in die Tiefen des Totenreichs.

Um die Wahrheit zu sagen, ich habe Hamlet erst nach dem Militär gelesen. Davor habe ich nur den Film gesehen, und auch da war ich high. Ausgerechnet das THC gab Shakespeare das richtige Metrum in meinem Bewußtsein. Ich bin sowieso viel mehr ein Othello-Typ.

Nach dem Militärdienst kehrte ich in die Stadt zurück, zu dem Haus, in dem ich aufgewachsen bin. Ich lernte, neu zu lieben, ich lernte wieder, Erbarmen zu haben und meinen Wert geringer zu achten. Die letzteren waren sehr schwer zu erlernen. Die Poetik dieser Stadt ist gut zu hören, in manchen Nächten flüstert sie intensiv, steigt vom Industriegelände hinauf zu den Hügeln der Stadt, zu ihren antiken Ruinenhügeln zwischen den Mauern der Berge. Wenigstens in meinem Traum hätte Hamlet an einem besseren, lebendigeren und weniger poetischen Ort geendet. Ein wahrer Autist, wie wir alle.

Amen.

14

Ich glaubte diese ganze Geschichte selbst nicht, und ich hätte sie auch nie geglaubt, wäre sie mir nicht selber passiert. Sie war zu poetisch, andere würden vielleicht sagen, mystisch. Aber das ist der prinzipielle Irrtum der Menschen des Neuzeitalters, ihre übertriebene Neigung, alles Poetische als mystisch auszulegen.

Es war meine erste Aufgabe bei dieser großen Zeitung, der ich mich erst am zweiundzwanzigsten Juni, dem Geburtstag meiner Exfrau Chaja, endgültig angeschlossen hatte. Ich mußte viel Mut aufbringen, um die Wüste und die rückständige Kleinstadt zu verlassen, in der ich mich fast seit meiner Ausmusterung vergraben hatte und wo ich jahrelang als Chefreporter der Lokalzeitung arbeitete. Beim Wochenblatt, das einmal die Woche herauskam, fungierte ich auch als Redakteur sowie manchmal als Telefondienst für die Verkaufsanzeigen. Man sagte mir immer, ich sei zu gut für ein Wochenblatt. Aber mir ging es gut dort, in Mizpe Ramon. Als ich zum ersten Mal hinkam, wirkte der Ort wie eine Halluzination, das war, als ich von einer Party des »Regenbogentheaters« zurückkehrte, das in Wahrheit überhaupt nichts mit Theater zu tun hatte. Sie waren eine Clique von sogenannten Künstlern, die sich ungefähr einmal die Woche versammelten und in die Natur hinausfuhren, alle zusammen in einen alten Peugeot-Tender gequetscht mit den Drogen, den Requisiten und einer 8-Millimeter-Kamera. Wir versuchten, bewußtseinsfreie Kunst aus der gemeinsamen Halluzination heraus zu kreieren. Nach Mizpe gelangte ich, nachdem sie mich in der Wüste im Zentrum eines Kraters auf dem Gipfel des Ardon vergessen hatten. Ich war so high und abgehoben, daß es mich einen Tag kostete, um zu begreifen, daß sie mich im Stich gelassen hatten, nicht einmal Schuhe hatte ich. Ich stieg von dem Berg hinunter, der den Krater in Form eines Herzens teilte, im ersten Licht nach einer frostigen Nacht, nahm mich vor den Felsklippen in acht, durstig und desorientiert. In dem roten Tal war ich sicher, daß die Halluzination anhielt, erst danach habe ich erfahren, daß das Tal unter dem Berg immer elfenbein- und purpurfarben geriffelt ist wie der Mars. Zwei Soldaten nahmen mich nach Mizpe mit und setzten mich im Geschäftszentrum ab. Sie retteten mich, ohne sie wäre ich verloren und tot gewesen. Heute habe ich bereits jede Ecke im Krater kennengelernt. Als ich wegging, bedauerte ich hauptsächlich den Abschied von diesem Freund, der mir niemals verzeihen wird. Zurückgezogen in seine geologischen Schichten. Der Redakteur und Besitzer des Wochenblatts »Einst«, Chaim Halperin selig, fand mich. Er nahm mich unter seine Fittiche, und im Gegenzug lieferte ich ihm Exklusivberichte über das »Regenbogentheater«, die mehr einem Schundroman als Zeitungsartikeln glichen. Auf provinzieller Ebene war ich ein Hit. Ich war dann fünfzehn Jahre lang dort und heiratete sogar Chaja, ziemlich zwangsweise. Auch weil sie erst in der zehnten Klasse war und ich sie anscheinend bei einer der Partys unserer lokalen Semi-Boheme geschwängert hatte, hauptsächlich aber, um meine Beziehung mit Chaim zu kaschieren, die trotz des Altersunterschieds zwischen uns befriedigend und voller Leidenschaft war. Als er starb, vererbte er mir die Zeitung, die ich, als ich wegging, für eine halbe Million Schekel verkaufte, was mir ermöglichte, Chaja auszuzahlen, das Kapitel in würdiger Form abzuschließen, und mir auch ein wenig mehr Luft bei der Arbeitssuche in der Großstadt ließ. Als Geschenk für die neuen Besitzer sowie um sämtliche Brücken nach Mizpe hinter mir abzubrechen, enthüllte ich in einer riesigen Reportage die sexuelle Verdorbenheit zwischen Ehud Schaf, dem Reporter, und Chaim Halperin, dem Besitzer. Jeder Haushalt erwarb diese erweiterte Ausgabe, die eineinhalb Schekel mehr als sonst kostete. Mir machte es nichts mehr aus, ich war schon auf dem Weg zu einem neuen Leben. Chaja war sicher überrascht. Ein bißchen Mitleid hatte ich mit der Familie meines geliebten Chaim.

Dann traf ich zur Zeit des Festivals in dieser Stadt ein, als Korrespondent einer großen Zeitung, mit Notebook, Mobiltelefon, der ganze Zinnober. Ich erhielt eine Art Kennmarke mit meinem Bild in grüner Farbe, mit der ich in jede beliebige Aufführung gehen konnte. Nicht daß ich mir so unbedingt Tanzvorstellungen anschauen wollte. Meine Geduld ist gering und für Tanzdarbietungen ganz besonders, noch viel geringer als normal.

An jedem Abend fand die Hauptvorstellung in dem riesigen, grasbewachsenen Amphitheater statt. Ich hätte nie geglaubt, daß es dermaßen viele Liebhaber dieses Schwachsinns gab, die feuchte Wiese war fast voll, hauptsächlich mit Familien, die mit Käppi und Plastikstühlen kamen. Aus der Entfernung, in der die meisten saßen, sahen sie die Tänze überhaupt nicht, höchstens vielleicht noch die Kostüme, die besonders bunt waren. Ich erhielt einen Platz auf der Tribüne der Ehrengäste, es war komisch, plötzlich, mit fünfunddreißig, endlich ehrenwert. In meinen Augen war ich immer bestenfalls ein alternder Homo, der jeden möglichen Fehler in seinem Leben beging. Nachdem der Bürgermeister eine Rede gehalten hatte und ein Feuerwerk in die klare Nachtluft abgeschossen worden war (dank der zuckersüßen Großzügigkeit der Holzbetriebe), trat das einzige Tanzensemble aus dem Ausland auf, genannt »Hora Los Angeles«, eine Truppe von Israelabwanderern und Kindern wandernder Juden, die uns die »Sprinkler-Hora« in erschütternder Form vortanzten. Der Tanz war nach ihrem Verständnis wie eine Volksschulaufführung für Minderbemittelte, bei der jedes abstrakte Wort auf klare Weise veranschaulicht werden muß. Schwachköpfe. Die Hälfte der weiblichen Mitwirkenden drehte sich und tat so, als sei sie ein Wassersprinkler, und der Rest tanzte paarweise um sie herum.

Als sie »Ein Baum wird jubeln in der Allee« sangen, machten zwei von ihnen eine Pyramide und bewegten die Hände im verzweifelten Versuch, Ästen zu ähneln, und alle (außer den Sprinklern, die sich weiterdrehten) tanzten um sie herum und versuchten, Freude zu zeigen. Ich begriff, daß ich hier eine ungeheure Geste von Verblödung der menschlichen Spezies vor mir hatte, die einzige, ausschließliche Regentin. Nach ihnen traten immer weitere Gruppen auf, die lokalen Karmiel-Küken mit dem Matrosentanz, Jung-Afula und so weiter und so fort. Wenigstens hatten sie in die Inszenierung investiert, grüne Laserstrahlen, Rauch. Von meinem ehrenwerten Sitzplatz aus konnte ich nicht hinaus in die Freiheit entfliehen, also blieb ich mangels Alternative bis zum bitteren Ende. Es schien, als sei ich der einzige, der hier litt, die übrigen Zuschauer klatschten und grienten wie glückliche Mongoloide. Nachdem sie mit den Feuerwerken und dem Lied »Licht« von Schoschana Damari fertig waren (ich wußte nicht, daß sie überhaupt noch lebt), blieb ich auf dem weißen Plastikstuhl sitzen, schrieb in den Laptop den Artikel, halb Bericht, halb Kritik für die Zeitung von morgen, während die Tänzer die Schminke und die aufgeblasenen Gewänder ablegten und die Arbeiter (Araber und Russen) die Grasflächen säuberten, orangefarbene Müllsäcke im Licht der Beleuchtungstürme aufstapelten. Natürlich schrieb ich nicht, was ich wirklich dachte. Ich pries das Festival als Fest von Kultur und Zionismus in Reinform. Die Tänzer bezeichnete ich als »die goldene Generation, schön mit ihrem Blick hin zur Pioniergeneration«. Ich fühlte mich beschmutzt, als ich die Sprinkler-Hora lobte, aber genau das wollen die Leser, man braucht kein großes Genie zu sein, um das zu begreifen. Am Schluß des Artikels hörte ich mit dem erregten Ruf auf: »Man sollte alles stehen- und liegenlassen und nach Karmiel fahren, um die Schönheit des Staates Israel zu spüren!«

An jenem Abend wollte ich nicht in noch eine Vorstellung gehen, obwohl es welche gab, die sich bis zum Morgengrauen hinzogen. Statt dessen ging ich auf den Jahrmarkt. Eine Menschenmasse wimmelte dort, alles unter strengen Sicherheitsmaßnahmen, eine Menge Jugendlicher, von denen ich bezweifelte, daß sie hierhergekommen waren, um sich Tänze anzuschauen. Lampenketten hingen zwischen den Pfosten und Hinweisschildern und verknüpften sie im Licht miteinander. Die Lautsprecher des Festivals dröhnten. Ich ließ mich vom Publikum mittragen, fremd und unbemerkt.

Nahe dem Jahrmarkt gab es eine Massentanzveranstaltung mit Volkstänzen. Ich beschloß, nach dem Besuch des Jahrmarkts dort hinzugehen, so etwas mußte ich mit eigenen Augen besichtigen. Der Jahrmarkt selbst fand auf einem Fußballplatz statt, der im voraus zu einem solchen Basar umfunktioniert worden war, wieder von jenen weißen Riesenlampen erleuchtet, die am Firmament hingen. Alles war mit hohen Eisengittern eingezäunt, und zwei

Wächter mit Metalldetektoren standen am Eingang. Zwei Polizisten, ein älteres Paar, lungerten am Rand, rauchend an die Motorhaube gelehnt. Schauten gelangweilt. An den Zäunen entlang waren die Stände, alle nach Weihrauch und Wasserpfeifen riechend, alle mit den gleichen indisch-thailändischen Waren im Angebot: Schals, Ketten, Lungis, Weihrauch und kleine Holzfiguren. Als Tomer aus Indien zurückkam, brachte er mir als Geschenk einen solchen Lungi mit. Damals, vor vierzehn Jahren, war das ein sehr besonderes Stück. Tomer war einer der ganz wenigen in der Kernzelle von damals, die mit mir zurechtkamen, für den ich bereit war, alles zu tun, und es immer noch bin. Ich fuhr sogar die ganze Strecke von Mizpe Ramon zu seiner Hochzeit im Palmenhotel in Akko. Er war immer so klug, so echt und mutig. Er heiratete eine scharfe Frau namens Matilda, die für meinen Geschmack ein bißchen zu herrschsüchtig war. Nach der Heirat riß die Verbindung zwischen uns ziemlich ab, hauptsächlich durch meine Schuld. Einer der großen Fehler, die ich in meinem Leben gemacht habe, ist im Prinzip, daß ich ihn wirklich liebte. Wenn wir gerade bei Tomer sind, erlaube ich mir hier die Bemerkung, daß er meiner Meinung nach der schönste Mann ist, den ich je gekannt habe. Im Zentrum des Jahrmarkts gab es ein Piratenschiff, das in der Luft schaukelte.

Es stand auf mit Kalk getünchten, zitternden Eisenträgern, und allem Augenschein nach war es ganz und gar nicht stabil. Ich war schon mehr als sicher, daß ich jeden Moment Zeuge eines Unglücks würde. Und die Jungen standen hoffnungsvoll Schlange, warteten darauf, das Todesgefährt zu besteigen. Sie brüllten, als das Schiff auf und nieder wippte. Sie taten mir so leid.

Nach der Runde auf dem Jahrmarkt ging ich zu der allgemeinen Tanzveranstaltung, wie ich es mir vorgenommen hatte. Ich war müde, es war schon nach halb drei Uhr morgens. In Mizpe hatte ich eine hervorragende Schlafdisziplin gehabt. Ich sah mir ein bißchen die Tanzenden an, die meisten waren in meinem Alter und darüber hinaus. Alle beherrschten sämtliche Schritte, was mich irgendwie erstaunte. Wie viele wie mich gab es hier? Sicher eine Menge. Hätte ich Spaß gewollt, hätte ich mir einen Fick besorgen können. Ich installierte mich an einer Art improvisierter Bar, trank Goldstar Whisky aus einem Plastikbecher mit dem Rücken zu den Tänzern, als ich plötzlich seine Stimme hörte, die Stimme, die ich so gut kannte, nur Tomer hatte eine solche tiefe Stimme. Ich drehte mich abrupt um. Er erkannte mich sofort. Wir umarmten uns unter Tränen, um uns herum drängten die bejahrten Tänzer schweißtropfend heran, um Mineralwasser zu kaufen. Mein Herz klopfte. Nein, er tanze nicht wirklich Volkstänze, aber Matilda sei verrückt danach, also käme er jedes Jahr mit. Er trinke nur Bier und sehe zu. Sie wohnten schon seit Jahren in dieser Stadt. Das Tanzareal sei an normalen Tagen eigentlich ein roter Bitumentennisplatz. Er sei jetzt Geschichtslehrer und Pädagoge und arbeite an seiner Doktorarbeit. Eine Stunde lang redeten wir, zuerst betroffen, wie uns die Jahre entfremdet hatten, doch je länger wir uns unterhielten, desto echter und aufrichtiger wurde der Dialog. Als um drei Viertel vier Matilda auftauchte, die mich nicht erkannte, waren wir wieder Brüder. Sie beharrte darauf, daß ich bei ihnen schlief. Sie war immer noch eine schöne Frau, doch man sah deutlich, daß das Alter begonnen hatte, an ihr zu zehren. Tomer war der schönste aller Männer geblieben, wohlproportioniert. Jedes Jahr kommen Michal und Tom zu uns, aber dieses Jahr haben sie uns wegen der Kinder versetzt, schloß Matilda. Ich fuhr mit ihnen in ihrem neuen Wagen, meinen

Laptop in den Armen. Ich hätte alles getan, um noch eine kleine Weile mit Tomer zu verbringen. Mein Tomer.

Auf der kurzen Fahrt fühlte ich mich losgelöst und überrumpelt, Matilda versuchte die ganze Zeit aggressiv, mich zum Sprechen zu bringen. Sie war sicher, daß ich Frau und Kinder hatte. Ich sehe so aus, bürgerlich. Ich bin sehr groß, gebe mir Mühe, mich elegant zu kleiden. Ich habe mir in der Stadt ein süßliches Parfüm auf Raten gekauft, und ich werde kahl. Meine Augen sind grün wie bei einem Kind. Groß und offen.

Als wir das Haus erreichten, das ziemlich neu war und von einem satten, frischen Farbgeruch durchzogen, ging Matilda schlafen und überließ mich und Tomer unserer privaten Unterhaltung auf seiner Terrasse. In den großen Ferien konnte er die ganze Nacht aufbleiben. Der Vorteil eines Lehrers. Das waren normalerweise die Stunden, in denen er an seiner Dissertation arbeitete. Er öffnete mir zu Ehren eine Flasche Remy Martin, die ihm Matilda vom Duty-free mitgebracht hatte, als sie vor einem Jahr mit Freundinnen nach Rom geflogen war. Wir saßen draußen im Garten, der von Hundszahngras und Disteln beherrscht wurde. Sie hatten den Gärtner entlassen, denn ihrer Meinung nach hatte er Tomer die Uhr vom Gartentisch gestohlen. Wir stellten die Gläser auf dem flaschengrünen Plastiktisch ab, den sie zum halben Preis im Fabrikladen in der Stadt gekauft hatten. Ich hasse es, wenn man mich zu überreden versucht, Dinge zu kaufen. Es war Jahre her, seit ich derartig getrunken hatte, und mein Hirn begann sich zu vernebeln. Tomer erzählte mir von den Byzantinern, ich kenne ihn gut, immer bevor er etwas Wichtiges erzählen wollte, wechselte er das Thema. Schon als wir im Libanon im Hinterhalt lagen, machte er das so, wenn er über Inbal Givati reden wollte, fuhr er fort, über die Römer oder über Philosophie und das Wesen der Poesie zu plaudern, bis alle das Interesse an der Unterhaltung verloren hatten, und erst dann erzählte er mir, was er wirklich für sie empfand. Ich erinnere mich nicht, daß er je völlig schweigsam gewesen wäre, vielleicht mochten ihn deshalb alle wirklich gern. Das erste Licht graute um fünf, Matilda stand auf, nur mit lila Unterhosen bekleidet, eine Art Frauenboxershorts, elegant und schmiegsam, als wolle sie sich ein Glas Wasser holen. Im Vorbeigehen bot sie mir ein Bett im Wohnzimmer daneben an, spannte langsam die Laken, streckte ihre Brüste und Rundungen heraus, ich denke, sie versuchte auf ihre Art, mich zu verführen. Ich und Tomer lachten, als sie so dazwischenkam, denn das war gerade, nachdem er mir von den sexuellen Kapricen seiner Gefährtin erzählt und ich ihm gestanden hatte, daß ich ein arschfickender Homo war. Tomer nahm die Neuigkeiten natürlich mit aufrichtigem Verständnis und Humor auf, da er mich anders als der Rest meiner Bekannten wirklich liebte. Matilda war beleidigt, daß wir lachten, und floh weinend ins Innere des Hauses. Tomer ging, um seine barbusige Frau zu versöhnen, und ich legte mich auf den sauberen, gespannten Laken schlafen, ein Glück, daß sie uns erst lachen gehört hatte, nachdem sie damit fertig gewesen war, mir das Sofa herzurichten. Es gelang mir nicht einzuschlafen, im Hintergrund hörte ich, wie sie miteinander Verkehr hatten, das störte mich aber nicht. Von der Whisky-Cognac-Mischung bekam ich Brechreiz und Schwindel, ich bin es wirklich nicht gewöhnt zu trinken. Chaim war Alkohol untersagt, er hatte einen hohen Blutdruck. Ich kann es nicht glauben, daß ich erst vor einem Monat noch mit einer Frau zusammengelebt habe, manchmal mit ihr schlief, mit echtem Abscheu, ich haßte den Geruch von Chajas alterndem Körper. Ich verriet ihr nie, daß ich mich einer Hodenoperation unterzogen habe. Gleich nachdem sie zum ersten Mal abgetrieben hatte. Häufig tat sie mir leid, alles in allem war sie ein braves Weib, ein bißchen dumm, schlicht, aber gut. Fand sich mit dem Reporter einer Lokalzeitung wieder, der in einen alternden Mann verliebt war. Am traurigsten war für mich, daß sie mich wirklich liebte, wirklich versuchte, mich in jeder Hinsicht zufriedenzustellen. Jetzt wird sie nie Nachkommen haben.

Tomers Kinder weckten mich, eine Stunde nachdem ich eingeschlafen war. Sie waren ziemlich überrascht, beim Aufstehen einen älteren Mann vorzufinden, der bei ihnen im Wohnzimmer schlief. Der Große weckte mich mit einem sachten Rütteln und fragte autoritär, wer ich denn sei. Ich konnte nicht mehr weiterschlafen, also schaute ich mit ihnen das Morgenprogramm im Fernsehen an, sie waren richtig lieb. Sie waren alle hübsch, und besonders der älteste Sohn, sehr engelhaft, offenbar hatte sich Matildas und Tomers Schönheit in ihnen vereint. Als Matilda aufstand, diesmal angezogen, in weißer Apothekerinnenkleidung, saß ich schon von ihnen umarmt auf dem Sofa. Obwohl auch Matilda kaum geschlafen hatte, war sie herzlich und liebenswürdig. Wir tranken zusammen Kaffee, genossen den kühlen Sommermorgen und die Aussicht auf die steilen Berghänge. Die kleine Stadt verströmte einen Geruch nach Gras und Rasensprinklern. Tomer hatte eine exzellente Gefährtin für sich gefunden. Sie bestand darauf, daß ich bis zum Schluß des Festivals bei ihnen übernachtete. »Tomer ist es sehr wichtig, und ich würde mich auch sehr freuen. Sogar die Kinder lieben dich. Seit ein Junge aus Bars Klasse ermordet wurde, hat sie große Angst vor Erwachsenen, aber bei dir ist sie plötzlich ganz ruhig.« Bar klebte wirklich an mir, richtig süß. Matilda erzählte mir noch von dem kleinen Jungen, der ermordet worden war, wovon ich seltsamerweise nichts gehört hatte. Laut Matilda hatten alle Zeitungen über den Mord auf der Titelseite berichtet, es gab auch entsetzliche Bilder. Bar träumte immer noch davon. Auf dem Weg zur Arbeit setzte mich Matilda am Kulturpalast ab, wo ich mir eine Darbietung in modernem Tanz ansehen sollte, und wir verabredeten, daß wir uns alle am Abend vor der öffentlichen Tanzveranstaltung bei ihnen treffen würden. Ich wartete sehnsüchtig erregt auf das Wiedersehen. Matilda und Tomer gaben mir ein gutes Gefühl, wie ich es nie mehr gehabt hatte, seit mir mein Chaim gestorben war. Die Stunden bis dahin verbrachte ich mit einer Reihe öder Vorstellungen, mit Herumwandern und mit dem Schreiben eines weiteren instrumentalisierten und dummen Artikels für die Zeitung über eine Aufführung, die ich mir nicht angesehen hatte. Ich schrieb aus dem Programmheft ab, das ich für fünf Schekel erworben hatte.

Tomer wurde am Meer geboren. In der Armee war das Meer das, was ihm am meisten fehlte. Wenn er sich beklagte, dann nur über die Entfernung vom Meer. Die übrigen Erniedrigungen, die Ängste, die Kälte und den Haß nahm er mit Liebe hin. Nur das Meer fehlte ihm. Auch als wir in der Nacht bei ihm auf der Terrasse saßen, ging der Tumult der Lautsprecher und Lichter weiter. Die Bewohner der Stadt hatten sich sicher an diesen Lärm beim Festival gewöhnt. Nur drei Tage im Jahr, ein Preis, den man für die schönen Parks und die Landschaft zahlen mußte.

Ihre Haustür war unversperrt, das Eingangslicht ausgeschaltet. Die Kinder waren nirgends zu sehen, das Haus war still und dunkel. Als ich hineinging, trat ich auf einen Plastiktraktor, ich hoffte, ich hatte ihn nicht zerbrochen. Sie hatten mir von vornherein gesagt, falls sie nicht da seien, solle ich einfach hineingehen und mich wie daheim fühlen. Ich mußte pinkeln, ich hatte es wirklich schon lange zurückgehalten. Ich hasse es, einfach irgendwo draußen hinzupinkeln, und die chemischen Toiletten, die sie am Festivalgelände aufgestellt hatten, waren immer verdreckt und voller Tänzer. Ich ließ die Toilettentür aus Gewohnheit offen, ich war sicher, allein im Haus zu sein. Plötzlich gewahrte ich eine Gestalt hinter mir, es war Matilda, wieder nackt, diesmal ganz. Ihr Busen war relativ klein, und die riesigen, braunen Brustwarzen nahmen mindestens ein Drittel der Brust ein. Die Schamhaare waren komplett rasiert, ihre Scham sah wie die eines kleinen Mädchens aus, und sie war immer noch wohlgeformt. Sie führte mich ins Schlafzimmer, hielt gewaltsam meine Hand fest, vor mir ihr Hinterteil. Meine Hose stand offen. Vor Überraschung hatte ich es nicht geschafft, den Reißverschluß zuzuziehen, und sie rutschte mir auf die Knöchel. Tomer erwartete mich im Zimmer, nackt und schön, genoß die Wärme der Luft. Er hatte einen vollen Ständer. Groß. Gerade in den Duschen beim Militär war sein Glied immer schrecklich winzig gewesen. Er war überhaupt nicht verlegen. »Komm rein, Ehud, davon hast du doch jahrelang geträumt«, bemerkte er mit einem boshaft jungenhaften Lächeln. »Matilda hat gesagt, es sei in Ordnung, unter der Bedingung, daß sie auch mitmacht, komm her.« Matilda blockierte mit ihrem nackten Körper den Ausgang. Ich war völlig betäubt, als sie mich auszogen und mir gemeinsam einen bliesen, einer lutschte am Penis, der zweite oder die zweite leckte die Eier, fuhr mit den Fingern hingebungsvoll bis zum After hinunter, bis er mir stand. Mein Penis war viel kürzer als der von Tomer oder auch von Chaim, eigentlich kürzer als bei den meisten Männern. Wir schliefen stundenlang zu dritt miteinander, rein und raus, abwechselnd. Als mich Tomer bestieg, tat er es mit Gewalt und Leidenschaft, versuchte mich zu pfählen, aggressiv. Tomer war genau so, wie ich es mir jahrelang beim Onanieren vorgestellt hatte, und Matilda benahm sich richtig wie ein Mann. Tomer dirigierte mich zu ihrem After, genoß es, mich zu sehen, wie ich auf sie kletterte. Um Mitternacht fanden wir ein Ende, drei reife Erwachsene, am ganzen Körper samenverschmiert, vergossen wie Bäche von Schweiß. Matilda öffnete das Fenster, ließ die Musik und das Johlen des Jahrmarkts in das stille Zimmer hereintosen, zusammen mit dem Wind, und ich und Tomer hielten uns an den Händen. Inmitten des ganzen Lärms hörte ich deutlich das Gebrüll der Jungen auf dem wankenden Piratenschiff.

Sie setzten mich am Jahrmarkt ab, und während sie in ihrer Freude zur Tanzveranstaltung gingen, wollte ich mich in der Menge baden, um mich zu reinigen. Fast eine Stunde trieb ich mit dem Publikum dahin, schwitzend wie ein Schwein. Dann versuchte ich, den Jahrmarkt zu verlassen, doch die Zäune waren zu hoch und so angelegt, daß ich nicht drüberklettern konnte. Wie ein Irrsinniger suchte ich nach dem Ausgang, und erst nachdem ich eine Stunde lang herumgerannt war, fand ich das Tor, versperrt von einer Menschenschlange, durch die ich nur mit Mühe hinausschlüpfte. Ich wollte nicht den Weg über die Tanzveranstaltung nehmen, ich wollte sie nicht einmal aus Versehen zu Gesicht kriegen. Also ging ich aufwärts, überquerte die Straße, schnitt mich an roten Rosen, die auf dem Trennstreifen zwischen den zwei Fahrbahnspuren gepflanzt waren. Auf der anderen Straßenseite befand sich ein riesiger, weitläufiger Park, voller Grasflächen und Zierbäume, umgeben von einem hohen Zypressenwäldchen. Ich tauchte hinein, verbarg mich zwischen den Bäumen, die die feuchte Nacht mit Tropfen überzogen hatte. Ich wollte nicht gesehen werden, wollte nicht leben, sie verfolgten mich, ich atmete hastig, aber ich war wirklich müde. Bei meiner Flucht hatte ich den Computer bei ihnen in dem geschmacklos bürgerlich eingerichteten Haus vergessen, an diesem verhaßten Ort. Ich kauerte in dem Wäldchen, niemand würde mich ausmachen können, auch ich konnte fast nichts sehen ringsherum. Die Wiesen und die Bäume waren neonweiß gefärbt wegen der Beleuchtungsmasten. Nur an Chaim konnte ich denken, hoffte, er sah mich nicht von seiner Wohnstatt aus im Paradies. Ursprünglich, bevor er nach Mizpe zog, war er Rechtsanwalt von Beruf gewesen. Soweit ich verstanden hatte, war er gut in seinem Fach gewesen, und noch wichtiger, er hatte die Gerichtsverhandlungen wirklich genossen, er hat mir nie erzählt, weshalb er das aufgab, obwohl ich immer danach fragte. Sicher war er auch im Paradies damit beschäftigt, führte Moralprozesse mit dem Allerhöchsten. Ich war überrascht von der Größe des Parks im Herzen der Stadt, sie hatten eine Menge Überlegung investiert, als sie hier die Zierbäume pflanzten, hauptsächlich Zypressen, Kiefern und falsche Libanonzedern. Zusammen mit dem Gras und der erleuchteten Nacht vermittelten sie einem ein beschissenes europäisches Gefühl. Der großzügige Park bot auch dunkle, verborgene Ecken, und ich, immer noch schnaufend, hatte mich in eine davon zurückgezogen, verborgen im Geäst der Zypresse. Cliquen von Jugendlichen bevölkerten die helleren Ecken, rauchten Wasserpfeifen im Kreis. Von meinem Sitzplatz aus roch ich sie.

Ein Pärchen ließ sich direkt unter mir nieder, genau einen Meter entfernt von mir. Es waren zwei Mädchen, sicher Lesben. Sie küßten sich, und dazwischen sprachen sie auf englisch miteinander. Die eine, die ältere, die langes schwarzes Haar hatte, hörte sich dem Akzent nach israelisch an. Sie erzählte der jüngeren Amerikanerin flüsternd etwas. Die Junge, sofern ich richtig gehört hatte, hieß Molly. Sie flüsterte ihr zu, daß sie beschlossen hatte, sich in Reha-Pflege ausbilden zu lassen, nachdem ihr Vater bei einem Verkehrsunfall vor zehn Jahren verletzt worden war, und seit sie die hingebungsvolle Pflege in der Reha-Einrichtung gesehen hatte, die Freude des Erfolgs, hatte sie beschlossen, sich auch damit zu befassen. Danach fingen sie an, miteinander zu schlafen, beide wirkten erfahren und schön. Ganz sicher war keine von ihnen eine lesbische Jungfrau. Ich nahm mich nur in acht, kein Geräusch zu machen, um sie nicht zu erschrecken, von meinem Sitzplatz aus sahen sie aus, als würden sie es genießen. Ich weiß, daß Heteromänner von Lesben phantasieren, aber mich erregte es überhaupt nicht. Ich wartete darauf, daß sie fertig wurden und wieder gingen. Ich fürchtete mich sogar, auf die Uhr zu spähen, kaum daß ich atmete. Der Hocksitz war am schwierigsten beizubehalten, denn meine Muskeln waren noch von vorher mitgenommen, und die Kiefernnadeln auf dem modrigen Untergrund brachten mich ständig ins Rutschen. Sie waren noch nicht fertig, obwohl gerade die jüngere, die Englischsprachige, hin und wieder sagte, daß sich ihre Eltern Sorgen machen würden. Müßten ihre Eltern nicht in einem anderen Land sein, fragte ich mich. Ich roch die Brunst der beiden. Und auf einmal spürte ich, daß ich nicht allein war. Aus dem Nirgendwo tauchte plötzlich ein Totenpaar auf, bleich glänzend. Sie beobachteten wie ich das Schauspiel, bloß genossen sie es richtig. Stießen ab und zu Begeisterungsrufe aus in dem Wissen, daß nur ich sie hören konnte, und ich hatte zuviel Angst, um sie wirklich anzuschauen, sie waren so ungemein tot. Sie wirkten, als seien sie schon lange Zeit tot, strahlend, ihren Tod verlachend, und wenn sie nur gekonnt hätten, hätten sie dieses Pärchen vergewaltigt. Ich machte mir fast in die Hosen. Ihre grobe Sprache verstand ich nicht, sie klang ein wenig wie das Kirchenlatein in kommerziellen Filmen. Am Schluß sammelten die Mädchen ihre zarte Bekleidung ein und gingen, und mit ihnen die Toten, während ich noch mindestens eine halbe Stunde, in der Hocke zusammengekrümmt, dort blieb und erst dann ging.

Mein ganzer Körper schmerzte. Auf dem Rückweg zur Hauptstraße sah ich eine Polizeistreife und die schüttere Menschenmenge eines Frühmorgens. Ich stellte mich dazu, bemüht, Einzelheiten aufzuschnappen, schwenkte meinen Reporterausweis. Ein fünfzehnjähriges Mädchen, das mit ihrem Freund herumgeknutscht hatte, war von drei Minderheitsangehörigen grausam vergewaltigt worden. Das Publikum, das sich eingefunden hatte, teils Heimkehrer vom Jahrmarkt und den Tanzveranstaltungen, überwiegend aber Bewohner der umliegenden Viertel in Hausschuhen und Unterhemd, mit zerzaustem Haar vom aufgestörten Schlaf und stinkendem Atem, begann zornig zu werden. Fast schon Sonnenaufgang. Ich diktierte über ein öffentliches Telefon einen Bericht für die Zeitung mit der Hoffnung, daß er noch in die Morgenausgabe kommen würde. Über die Vergewaltigung.

Ich ging auf der Straße geradewegs zum zentralen Busbahnhof weiter, wartete auf einen Autobus, der mich nach Tel Aviv zurückbringen würde, wo ich zurechnungsfähiger bin. Ob wohl auch bei der Vergewaltigung Tote zugesehen hatten? Vielleicht beobachteten sie mich jetzt, wie ich mich gegen die Kälte auf der roten Eisenbank an der Haltestelle mit den Armen umschlang. Ich kotzte mich wirklich selber an. Reinigungstrupps verbreiteten sich über die Stadt. Manche zu Fuß, manche mit Fahrzeug, einige holten die Fahnen der Stadt und der Nation herunter. Ich mußte dringend urinieren, doch die öffentlichen Klos waren noch abgesperrt. Und schlafen.

15

Ich weiß, am Ende werden sie mich fassen, ich habe nie wirklich gedacht, daß ich nach dem, was ich getan habe, noch weiter frei unter dem Rest der Menschheit herumlaufen werde. Ich weiß, meine Zeit ist kurz, sie haben sicher schon eine Spur, in einigen Stunden, vielleicht auch in wenigen Minuten, werde ich in Handschellen zu einer Rekonstruktion der beiden Entführungen gebracht werden, in allen Landeszeitungen auf der ersten Seite abgebildet, Leute werden kommen, um einen Blick auf das Monster zu werfen, und ich wollte alles in allem doch nur Frieden. Das ist mein Abschiedsbrief, ich werde mich nicht von ihnen gefangennehmen lassen, mein Revolver wird mich genau dann töten, wenn sie die Tür aufbrechen, alles exakt, kontrolliert. Damit sie, diese verfluchten Polizisten, nachdem sie mein Blut von ihren Uniformen gekratzt haben, in dem Lagerraum, den ich schon vor zwei Monaten gemietet habe, zwei kleine dünne, wunde Körper finden, mit Abscheu die winzigen Leichen untersuchen und mit Bestimmtheit sagen können, daß die Mädchen etliche Male von ebenjenem Mann vergewaltigt wurden. Sie werden meinen Samen mit einer Pinzette aus ihrer jungen, unbehaarten Scham, aus dem Mund und dem Hintern klauben. Samen des Friedens. Wie werden sie mich hassen. Am wütendsten wird sie machen, daß ich mein Gehirn in Tausende Splitter zerfetzt habe, die das ganze Lager füllen, an den Wänden kleben werden. Mit der gleichen Pinzette werden sie auch diese in ihre Plastiktütchen einsammeln.

Es ist schon einen Monat her, seit ich die beiden Mädchen entführt habe, und man sucht sie. Der gesamte Staat ist in Furcht, die ganze kleine Stadt voller Journalisten, Polizisten, Spürhunde, Heerscharen von Freiwilligen. Ich frage mich, ob die Öffentlichkeit, wenn ich nur das arabische Mädchen entführt hätte, auch ein solches Interesse gezeigt hätte, aber das ist bereits ein anderer Versuch, ein Experiment, das ein anderer Friedensbeförderer wird machen müssen. Mein Versuch war ein totaler Fehlschlag. Gut, ich will nicht, daß man mich wegen guter Absichten verurteilt. Ich richte nur mich selbst. Sie zu vergewaltigen war eine schlechte Idee, hat nichts zum Erreichen des Ziels beigesteuert.

Als ich vergangenen Sommer aus dem Militärdienst entlassen wurde, war ich sicher, ich würde mit dem Leben zurechtkommen, bisher ist es mir immer gelungen, mich einzuordnen. Auch in der Armee mochten sie mich, meine letzte Position war Feldwebel im Nachschub. Zwei Wochen lang rauchte ich nur Stoff, lungerte mit Freunden am Meer herum, Partys. Nach den zwei Wochen ging ich aufs Arbeitsamt, mein Vater übte Druck auf mich aus. Ausgerechnet ihm halfen sie dabei, Arbeit zu finden, immerhin, das ist auch eine Arbeit, mein betagter Vater war Türwächter bei einer Kreditbank. Es tat mir immer leid um ihn, und am meisten machte mich traurig, daß er noch stolz auf seine Arbeit und froh darüber war. Auf eine seltsame Art gab er mit seinem Metalldetektor und seinem Tränengasrevolver an, den sie ihm gegeben hatten. Ich werde nie wie er sein. Erst jetzt bin ich mir dessen sicher.

Die Araberin im richtigen Alter (8 bis 10) zu entführen war die Herausforderung, ein jüdisches Mädchen entführen kann jeder. Die Araber wissen auf ihre Mädchen aufzupassen. Ich denke, es glückte mir nur, weil ich streng auf alle Einzelheiten achtete. Es war wichtig, genug Zeit zu haben, um in das Versteck zu gelangen, bevor die Familie es entdecken würde. Das war mein Erfolgsgeheimnis. Am Anfang dachte ich an eine Entführung im Park, unter der Woche kommen nur Araber dorthin, aber ich gab die Idee auf, es wäre mir dort nicht gelungen. Die Mädchen, die dem Anschein nach frei herumliefen, standen unter permanenter Beaufsichtigung. Das Laufen durchs Gras dauerte zu lang, und wenn mich die Sippschaft erwischt hätte, hätte man mich zu Recht totgeprügelt.

Es mußten aber zwei Mädchen sein, nur zwei Mädchen können den wahren Frieden bringen. Den Frieden, den ich wollte und auch verfolgte. Ganz junge Mädchen vor der Pubertät, bevor ihr Körper anfängt, die schlechten Männer anzubetteln, können eine landesweite Resonanz zugunsten des Friedens erzeugen. Die gemeinsame Sorge der beiden Völker, vertieft durch den Videofilm (der aus technischen Gründen nie gedreht wurde). Vielleicht würden sie mit einem großen Gefühl endlich diesen beschissenen Krieg stoppen.

Vor einem Monat säuberte ich den Lagerraum, den ich mit meinen Starthilfegeldern gemietet hatte. Das war, nachdem ich schon an der Arbeitslosigkeit verzweifelt war und mein Anspruch auf Arbeitslosengeld abgelaufen war. Dabei liebte ich es sogar, jeden Sonntagmorgen aufs Arbeitsamt zu gehen und die Leute anzuschauen. Ich hatte auch eine feste Sachbearbeiterin, die mich jedesmal, wenn ich unterschrieb, mit enttäuschtem Blick ansah: Nu, immer noch keine Arbeit gefunden? Sie war auch diejenige, die mir die Arbeit bei der Catering-Firma dieses Instituts besorgte. Sie arbeiteten viel mit dem Arbeitsamt in Karmiel zusammen. Das war die einzige Arbeit, die ich fand. Wegen des Kriegs sei die Marktlage schwierig, sagten sie mir. Das Arbeitsamt in Karmiel war sogar richtig gepflegt, Blumenstöcke, bequeme Stühle, geweißte Wände, am Eingang erhielt man vom Wächter eine Nummer und wurde über die digitale Nummernanzeige ähnlich der bei Fußballspielen aufgerufen. So konnte man in aller Ruhe zum Rauchen rausgehen, ohne das amerikanische Problem. Einmal, am Anfang meiner Arbeitslosenzeit, vor dem verfluchten Catering-Job und bevor mich die Polizei in einem Park namens Ofira Navon beim Grasrauchen erwischte, ging ich ganz früh aufs Amt, nahm zehn Nummern und verteilte sie an Leute, die später kamen und sich auf eine lange Wartezeit gefaßt gemacht hatten. Ich fühlte mich wie ein guter Gott. Ich verkürzte ihnen das Warten um zehn Minuten. Aber die Jammerlappen erwiesen mir eine Dankbarkeit, als hätte ich ihnen ein ganzes Leben geschenkt. Die Armen sind dermaßen lächerlich.

Am Schluß kam ich auf die Lösung für die Entführung der Araberin, ich fand den perfekten Ort. Am Ende meiner Stadt, am Rand des Industriegeländes und des Friedhofs, befindet sich das »Center«, eine Art riesiger Parkplatz, umgeben von Geschäften. Das Areal grenzt direkt an die arabischen Dörfer, nur die Schnellstraße liegt dazwischen. Man hört von dort die Rufe des Muezzins. Ich traf Joanne, wie sie allein spazierenging und verlangend in die Schaufenster blickte. Es war sehr leicht, sie zu verleiten, in den Wagen zu steigen, anscheinend warnt man sie nicht vor Perversen. Ich betäubte sie mit Äther, den ich aus dem Labor in der Schule gestohlen hatte, und der Weg zum Lagerraum war kurz. Ich behielt sie einen ganzen Tag allein dort, bis ich Jael entführte. Der Plan war endlich auf dem Weg. Meine Zeit war kurz, ich mußte weitermachen.

Um an Geld für einen Revolver und einen alten Wagen zu kommen, mußte ich mich als GmbH eintragen lassen.

Ich nannte die Gesellschaft »Friedensstiftung mit beschränkter Haftung«. Ich mußte die Ziele der Gesellschaft definieren. Ich schrieb für die Beamten folgendes nieder: Verkauf von Frieden als Wert in der Gesellschaft der Menschen (aller Segmente), mit Betonung auf Jugendlichen als Vermittler für den Rest des Volkes. Ich fürchtete, sie würden das nicht akzeptieren, aber sie schauten nicht einmal hin. Es interessierte sie in Wahrheit nicht, und das zu Recht. So wie ich gründeten viele Strohgesellschaften, um das Startdarlehen zu erhalten. Kaum daß sie vorgaben, mich zu prüfen. Ihre Schuld.

Für die Arbeit beim Catering stand ich immer um vier auf, Punkt vier Uhr zwanzig las mich der Fahrdienst auf. Zigarettenqualm und russische Lieder in höchster Lautstärke. Durch die Betriebstore trat ich immer um fünf Uhr früh und kam um zwanzig vor fünf am Nachmittag wieder heraus. Die Stunden wurden anhand der Karten an den Toren registriert. Der Betrieb war äußerst heikel, im Internet stand, daß es dort Atombomben gab, jeder hatte eine persönliche Magnetkarte. Am Morgen stürzten die Arbeiter aus dem Wagen, versuchten sich vorzudrängen, um als erste hineinzukommen, und am Abend standen sie in der Schlange, trödelten absichtlich, um ein oder zwei Minuten herauszuschlagen. Schimi, mit dem ich arbeitete und den ich ersetzen sollte, nachdem ich angelernt wäre, erklärte mir, daß man so eine ganze Arbeitsstunde im Monat gewann (ein paar lausige Schekel). Ausgerechnet Schimi war als einziger nett zu mir an diesem Ort. Der Boss (Schmuel, der überheblichste Mensch, den ich je traf) wollte ihn rauswerfen und mich an seine Stelle setzen. Der Rest der Arbeiter waren Neueinwanderer oder wirkliche Arme. Alle Arbeiter liebten Schimi. Unser Job war es, die Speiseprodukte in drei Küchen und drei Imbisse zu befördern (zwei milchig und einer steakig). Alles, damit die Angestellten des Instituts ein wenig von der Waffenproduktion ausruhten und gut aßen. Wir fuhren mit einem Kangoo. Mittags kam der Teil, den ich am meisten haßte, da mußte ich drei Stunden im Speisesaal helfen. Ich mußte ein gelb-lila Nylonhemd und eine idiotische Schirmmütze tragen und für Nachschub sorgen, wenn das Essen aus war. Die Verantwortliche für den Speisesaal war ein ältliches, lächerlich angezogenes Weib, die aussah, als ob ihr Mann sie schlug, mit Namen Sarel.

Sie nannte mich die ganze Zeit Täubchen, brachte mir am ersten Tag eine Coladose aus dem Kühlschrank für besondere Anlässe und warnte mich, ich solle sie schnell trinken, bevor Schmuel, der Boß, käme. Er kam jeden Mittag vorbei, um uns zu kontrollieren, und Sarel hatte furchtbar Angst vor ihm und sorgte dafür, daß es bei uns nach Arbeit aussah und sie kompetent wirkte. Alle fürchteten Entlassungen mehr als den Tod. Sie waren echt arm. Sie waren so was von schlicht. Sie waren genau die Leute, die ich zu Friedensförderern, zu Menschenfreunden machen wollte.

Jael entführte ich von der Schule weg, es war wirklich ganz leicht. Sie war ein sehr hübsches Mädchen, blond, sah aus wie eine Schwedin oder Belgierin. Es ist wichtig, auch die Auslandspresse zu berücksichtigen und die aschkenasischen Juden. Am Anfang hätte ich furchtbar gern so eine Neueinwanderin entführt, die kaum Hebräisch spricht, aber ich wußte, daß sich mit so einer weniger Interesse und Sorge herausschlagen läßt. Ich spionierte Jael zwei Wochen lang nach, wie sie von der Schule heimging, in ihr Haus hinein, ein Schlüsselkind. Sie war immer hübsch für ihr Alter gekleidet, anscheinend war ihren Eltern ihr Erscheinungsbild wichtig. Sie wohnte in dem neuen Viertel, Ramat Rabin, und den Großteil des Wegs ging sie zusammen mit einer Freundin. Ihr Haus lag wirklich ganz am Stadtrand, grenzte an die Felder an, in einer kaum bevölkerten Straße. Ein klassischer Fall für mich. An einem Donnerstagmittag, Ende Januar, war die halbe Aufgabe schon vollendet – ich hatte zwei kleine Mädchen entführt, eine Araberin und eine Jüdin. Nachdem ich sie an die Stühle gefesselt hatte, zündete ich mir eine Zigarette an und hatte meine Freude an dem Punkt, an dem es kein Zurück mehr gab.

Nach drei Tagen kündigte ich dort, ich konnte nicht mehr, ich fühlte mich wie ein Sklave. Außerdem hatte ich das Gefühl, daß Sarel, diese Nutte, versuchte, mich zu verführen. Sie berührte mich die ganze Zeit, streichelte mich, und ich hasse es, wenn man mich streichelt. Ich stand einfach in der Früh nicht zur Arbeit auf. Ich hatte Mitleid mit Schimi – häßlich, aber wirklich ein guter Junge. Nach den Mahlzeiten stürzten sich die Arbeiter wie die Geier auf die Reste, um sie in Behältern mit nach Hause zu nehmen. Die ganzen Arbeiterinnen (überwiegend orthodoxe Frauen, Russinnen und Äthiopierinnen) waren böse auf Sarel, weil sie Sachen für zu Hause abzweigte, schon bevor die Ingenieure zum Essen dagewesen waren. Sie hatten immer vor, sie beim Boß deswegen anzuschwärzen. Am Ende ließen sie es aber sein und putzten wieder den Speiseraum nach Sarels Befehlen in diesen gelb-lila Hemden.

Ich stellte zwei Stühle auf, die ich extra beim Fabrikladen der »Plastikkrone« gekauft hatte, und band die Mädchen in einem Meter Abstand voneinander daran fest. Ich verband ihnen nicht die Augen, das hatte keinen Sinn. Es war mir egal, daß sie mich sahen. Ich hatte uns im voraus mit Essen versorgt, das für die ganze Zeit reichen würde, und mit einem Heizofen auf Ölbasis, wie wir in meiner Kindheit zu Hause einen hatten. Ich war alle Einzelheiten durchgegangen, wenigstens die allermeisten. Ich hatte die Fenster mit Kartons verrammelt. Erst nach einer Woche würde ich den Medien die erste Videokassette zuspielen, einstweilen sollten sie warten. Meine Eltern wußten, daß ich weggefahren war, um am Toten Meer in einem Hotel als Kellner im Speisesaal zu arbeiten (Basisfixum plus Trinkgelder). Ich rief sie jeden Tag an, um mein Alibi zu füttern. Ich bemühte mich, ihnen eine Menge Einzelheiten über die Vorgesetzten, die Gäste und Freunde, die ich traf, zu erzählen, damit sie keine Sekunde daran zweifelten. Der Lagerraum lag zum größten Teil unter der Erde. Nachdem die Mädchen einen ganzen Tag lang geweint hatten, hörten sie plötzlich simultan damit auf und schwiegen zornig. Das Schweigen unterbrachen sie nur, wenn sie baten, aufs Klo gehen zu dürfen. Ich wußte, daß ich etwas vergessen hatte. Ich konnte sie nicht hinausbringen, ich befürchtete, sogar wenn ich hinausginge, um einen Eimer zu kaufen, könnte das den Plan ruinieren. Vielleicht würden sie versuchen wegzulaufen, oder ein Polizist würde mich auf der Straße aufhalten. Ich holte noch eine Zigarette heraus und versuchte, mir etwas auszudenken. Am Ende beschloß ich mangels Wahl, die entfernteste Ecke für die Bedürfnisse von uns allen zu reservieren. Ich band sie eine nach der anderen los (die Jüdin zuerst) und sah ihnen verlegen, aber gespannt und wachsam beim Pinkeln zu. Ihr Körper war mager, dünn und schön. Ich sorgte dafür, daß sie viel aßen, ich stopfte ihnen das Essen in den Mund wie bei Babys, dazu wollte ich sie nicht losmachen. Ich wußte ihrem Blick nach, daß sie mich nicht haßten. In der zweiten Nacht, als sie mich beim Schlafen störten, nach ihrer Mama oder so was weinten, schlug ich sie mit dem Gürtel, was rote Spuren auf ihrer Haut hinterließ und ihre Kleider aufriß, bis sie still waren. Ich hasse es, beim

Schlafen gestört zu werden, es fällt mir auch so schon schwer einzuschlafen. Ich bedauerte nur eines, daß ich nicht hinausgehen konnte, um Zeitungen zu kaufen. Was sie wohl schrieben? Wer ich ihrer Vermutung nach wohl war? Sicher analysierten Küchenpsychologen meine Persönlichkeit. Nachdem ich die Mädchen geschlagen hatte, entschuldigte ich mich und versuchte, ihnen die Idee zu erklären. Ich schob auch den Ofen dicht an sie heran, damit sie mir nicht erfroren. Der Ofen war das einzige, was den Raum bläulich erhellte, und er verbreitete einen angenehmen Geruch, den Geruch nach Winter in meiner Kindheit.

Bis zu den Mädchen hatte ich über ein Jahr lang mit keiner Frau geschlafen. Nach den Gesetzen, die wir beim Militär hatten, wurde ich wieder zur kompletten Jungfrau. Nach neun Monaten bist du wieder jungfräulich. Beim Militär bekamen wir auch jeden Tag alle Zeitungen in die Hand. Das ist ein eherner Befehl seit Gründung der Armee. Vor genau einem Jahr trennte ich mich von meiner Freundin, sie hatte genug von einem Menschen, der auf sich selbst konzentriert und teilnahmslos ist. Nachher begriff sie, daß sie einen Fehler gemacht hatte, und wollte zurückkommen, aber ich war nicht mehr damit einverstanden. Ich hatte keine Sehnsucht nach ihr, nur nach ihrem Loch, und auch das nur im Extremfall. Es ist verblüffend, wie das Loch eines Mädchens am Anfang, wenn es neu für dich ist, den besten Geruch auf der Welt hat und nach einer kurzen Weile zu stinken anfängt. Manchmal wenn wir miteinander schliefen, wurde ich gewalttätig, stieß mit Gewalt immer weiter in sie hinein. Versuchte, sie völlig aufzureißen. Es tat ihr weh, aber sie liebte mich wirklich, also biß sie sich auf die Lippen, manchmal lief ihr eine Träne runter. Wenn es mir nicht gelang zu kommen, malte ich mir aus, daß sie jetzt gerade vergewaltigt wurde und schon fünf Männer in ihr abgespritzt hatten, sie total unterworfen hatten und sie jetzt schon völlig gefügig war. Ich liebte es, mir vorzustellen, daß es Männer waren, die ich kenne, meine Freunde.

Einmal in der Vergangenheit waren wir wirklich dicht an einer Gruppenvergewaltigung, von einem Mädchen namens Rivka, die in der neunten Klasse zu uns in die Schule kam. Nachdem sie sich von ihrem Freund getrennt hatte, luden wir sie zu unserer Party ein, sie war eine stolze Schlampe. Sie war in dem Jahr aus den USA eingewandert und erzählte immer von ihren Vögeleien, die ganze Mittelstufe wußte, daß man sie, um sie zu vögeln, bloß abfüllen mußte. Wir tranken damals Wodka mit Grapefruitsaft (in unserer Stadt ist es leichter, Wodka zu finden als Milch). Es war bei meinem Freund zu Hause, dessen Eltern geschieden waren und der nur mit seinem Vater zusammenwohnte, der immer bei seiner Freundin schlief, und wir nahmen sie ins Schlafzimmer seines Vaters mit, ihr ganzer Körper war befreit und gelöst, fummelten alle an ihr herum und redeten Englisch, ließen ihr nur die weiß durchsichtigen Unterhosen. Wie die Geier machten wir uns über ihre Brüste her, saugten an ihnen, küßten sie, wer keinen Platz mehr an ihrem Busen hatte, begnügte sich damit, sie zu küssen, und sie streckte ab und zu streichelnd die Hand nach den Unterhosen von jemandem und fragte auf englisch, wer ihr Freund sei. Ich traute mich nicht, in sie einzudringen, mit allen um mich herum, auch die anderen schämten sich dieses Mal anscheinend. Wir gaben ihr eine Menge zu trinken, damit sie nicht aufhörte, machten ihr den Mund auf und steckten ihr die Flasche in den Mundwinkel, am Schluß pinkelte sie sich betrunken bis zur Bewußtlosigkeit in die Unterhose, und keiner von uns fand sich bereit, sie zu duschen, sie hatte auch das Ehebett durchnäßt. Rivka war so armselig damals, sie haben etwas furchtbar Erbärmliches, die ganzen weiblichen Wesen, die ich gekannt habe. Mit den meisten meiner Freunde von damals habe ich heute keinen Kontakt mehr. Rivka hat sich, wie man erzählt, am Ende zur jüdischen Orthodoxie bekehrt und ist heute mit einem Talmudstudenten verheiratet und Mutter. Es wäre interessant zu erfahren, ob sie davon hören wird, was ich getan habe.

Meine persönliche Friedensinitiative kam mir beim Militär in den Kopf, als ich Kommandeur an einer Straßensperre direkt in Ramallah in einem der Wohnviertel war, zwischen zwei Häusern und Olivenhainen, die mich an die Umgebung von Karmiel erinnerten. Ramallah sieht immer aus wie eine armselige Version von Jerusalem. Ich malte mir aus, wie ich den Friedensnobelpreis in Stockholm bekam, die Ewigkeit streifte. Mit einer Fliege. Meiner Meinung nach habe ich schon jetzt den Nobelpreis verdient, zumindest den Zeitungsschlagzeilen und der Solidarität des gemeinsamen Hasses nach, die ich zwischen den Völkern geschaffen habe, allein für die Bemühung. Völker in vereinter Sorge, die sich in ihrer Furcht umarmen, werden nicht kämpfen. Gäbe es nur noch hundert wie mich, sogar nur fünfzig – amen. Den Toten, zu denen ich demnächst gehören werde, ist es erlaubt zu hoffen. Es ist auch erlaubt, nicht zu wissen. Amen.

Mein Timing wird exakt und haarscharf sein, wie ich hoffe, und ich werde den Abzug in der Sekunde drücken, in der die Polizisten hereinkommen, worauf mein Gehirn über den ganzen Raum, über die Polizisten spritzen, ihre blauen Uniformen beschmutzen wird. Seit sie mich in diesem Park mit Gras erwischt haben, hasse ich sie. Das war, nachdem ich aus der Arbeit bei dem stinkenden Catering ausgestiegen war, ich hatte ein bißchen Stoff von Roy gekriegt, der mit mir in die Schule gegangen war, und ich war allein mit einem vorbereiteten Joint unterwegs, um ein bißchen den Kopf freizubekommen. Die Tatsache an sich, daß es eine Arbeit war, für die ich nicht stark genug war, machte mir angst. Schwäche ist der Tod. Ich verstand nicht, weshalb ich dachte, daß ich besser sei als die anderen Arbeiter, warum ich mich zum Sklaven erniedrigt fühlte, schließlich war ich genauso arm wie sie. Gras hilft mir immer dabei, die Gedanken auf die Reihe zu kriegen, auch in der Armee habe ich einmal geraucht, beim Einsatz im Libanon, zwei Stunden vor dem Rückzug, vor dem Gefecht, bei dem ich zum ersten und letzten Mal mit Sicherheit wußte, daß ich einen anderen Menschen getötet hatte (außer den Mädchen und mich selbst). Ich hatte eine volle Tüte, die ich noch im Libanon wegwarf aus Angst, daß die Militärpolizei an der Grenze auf uns warten würde, um zu kontrollieren, ob wir was hinüberschmuggelten. Ich bin sicher, die Hisbollah hat sich gefreut, was für eine Vergeudung von gutem Stoff. Ich lief nicht einmal weg vor den Polizisten in das Wäldchen, das den Park umgibt, ich war sicher, sie würden mich nicht anschauen, aber anscheinend war ihnen langweilig, und sie beschlossen, mich zu durchsuchen. Die beiden waren gute vierzig, ein Mann und eine Frau, ältlich und dick, keine Kinder daheim zu versorgen, es war schon nach Mitternacht, sicher vögelten sie im Streifenwagen. Sie beschlagnahmten meinen Joint, steckten ihn in die eigene Tasche (jeder weiß, daß die Polizisten alle Drogen nehmen) und zogen mich völlig nackt aus, mit dem Penis gegen die weiße, kalte Kühlerhaube gedrückt. Der Scheißkerl durchsuchte meinen Hintern, ein kalter Wind blies im Park, rüttelte an den Kiefernnadeln. Am Ende ließen sie mich laufen, geschmerzt, weil sie mich nicht mit genügend Stoff erwischt hatten, um Anzeige gegen mich zu erstatten. In meinen Phantasien sind diese beiden Polizisten die ersten, die ins Lager hereinbrechen und den Hagel von Blut und Fleisch abbekommen. Blut geht nicht mal nach zehn Waschen raus, und mein Blut ist zäh, das bleibt ewig. Als einer meiner Soldaten einen Meter neben mir verwundet wurde und ich ihn verband, war meine ganze Uniform mit Blut verschmiert, und ich versuchte, sie heiß zu waschen. Am Schluß warf ich sie über den Zaun der Basis hinaus, wo wir mit einer Panzereinheit zusammen hausten. Sollte sie dort vertrocknen und zerfallen. Ein Beduinenschäfer hat sie sicher am Ende mitgenommen. In den besetzten Gebieten gibt es Leute, die eine Menge für eine so große Uniform wie meine zahlen würden. Es ist schwer für Soldaten, so was zu kriegen, sicher gibt es auch Terroristen mit meiner Größe.

Jemand muß für sie sorgen.

Ich band die Mädchen immer wieder los, damit sie ihre Knochen streckten, ich wollte nicht, daß sie Gewicht verloren, und nach einer Woche schienen sie sich auf die neue Situation eingestellt zu haben. Vor dem Schlafen las ich ihnen Gedichte von Altermann vor, ich mußte sie jetzt nicht mehr schlagen, wollte Gott, meine Soldaten wären so gehorsam gewesen. Sie lernten auch, mich zu mögen, schauten mich die ganze Zeit mit verliebtem Blick an.

So hatte unsere Familie zwei Wochen Ruhe. Wenn sie eingeschlafen waren, während ich ihnen Altermann vorlas, klappte ich leise das Buch zu, um sie nicht in ihrem gefesselten Schlaf zu stören. Dann hörte ich die Friedensengel übers Land kommen, dank mir, ihrem Erwecker, hörte den Schlag ihrer weißen Flügel, wie sie ihren Steilflug auf den Staat Israel abbremsten, Gott bedachte mich mit einem stolzen Blick – nur aus Erbarmen wird wahrhafter

Frieden erblühen. Nur aus Erbarmen, flüsterte er mir zu. Ich liebte es, wie die Mädchen im Schlaf murmelten, nicht auf hebräisch oder arabisch, sondern in einer Sprache, die kein Mensch versteht, mit Engelsstimmen. Meine schönen Mädchen.

Eines Nachts, als der Ofen ausging (offenbar eine Ölverstopfung), weckte mich die Araberin flüsternd, verängstigt von der Dunkelheit. Ich schlief nicht gut in jener Nacht. Die Kamera funktionierte nicht, und überhaupt, die Dinge liefen noch nicht im richtigen Takt. In diesem Stadium hätten sie uns eigentlich schon gefunden und herausgeholt haben müssen. Ich hätte schon in allen Nachrichtensendungen auf allen Kanälen interviewt worden sein müssen. Man konnte sich auf die Scheißkerle von Polizisten nicht verlassen. Das Mädchen mußte ausgerechnet mitten in der Nacht pinkeln. Ich nahm eine Taschenlampe, um Jael nicht aufzuwecken, und ging mit ihr, ließ sie gefesselt und zitternd vor Kälte. Normalerweise band ich ihnen die Hände los, damit sie sich selbst versorgen konnten, aber diesmal hatte ich nicht den Nerv, sie loszubinden und dann wieder von neuem zu verschnüren. Ich achtete immer streng darauf, sie gut zu fesseln. Ich führte sie zu der stinkenden Wand, die inzwischen richtig widerlich war, und legte die Taschenlampe auf den Boden, sie hockte sich ergeben hin, und ich zog ihr die Unterhosen runter, die schon schmutzig waren. Ich betrachtete sie im Licht der Taschenlampe, die vom Boden heraufstrahlte. Sie hatte noch keine Geschlechtsbehaarung, sie schämte sich nicht mehr in meiner Anwesenheit. Schade, daß ich Joanne und Jael nicht im voraus Zwillingskleider gekauft hatte, das hätte sich gut gemacht fürs Fotografieren, außerdem fingen unsere Kleider an zu stinken. Als sie fertig war, nahm ich ein Blatt Klopapier, um sie abzuwischen. Während der

Berührung begann ich, ihre Spalte anzufassen, sie zu massieren, steckte vorsichtig einen Finger hinein. Es überraschte mich, daß sie dort ein wirklich enges Loch hatte. Die neuen Berührungen erschreckten sie, taten ihr weh, sie brüllte auf wie ein verwundetes Tier und versuchte, ihre Oberschenkel gewaltsam zu schließen, aber meine zwei Finger waren schon drin, kletterten zu der neuen Gebärmutter. Am Ende schubste ich sie gegen die Wand, eine auf Scheiße und Pisse hingegossene Dirne, ich war dermaßen geil, schon seit einem Jahr hatte ich mit keinem Mädchen geschlafen, ihr Rücken zu mir, spreizte ihre Beine und drang mühsam ein, nahm meine Hände für die Richtung und das Öffnen zu Hilfe, quetschte mit meinem Körper ihren Bauch an den kalten Boden. Jede Bewegung von mir löste Schmerz in ihrem Körper und ein gepreßtes Stöhnen aus. Sie keuchte nach meinem Takt. Ich kam wie wahnsinnig, spürte, daß ich mich völlig von allem entleerte, spürte, daß Klumpen aus mir herauskamen, mit Gewalt räumt man die Rohre durch. Noch nie habe ich eine Frau so genossen.

Es gab auch weniger angenehme Augenblicke, zum Beispiel Ende der dritten Woche, als ich mir einen ernsthaften Durchfall einfing und die armen Mädchen gezwungen waren, mir zuzuschauen, wie ich stinkend schiß, fast ständig in der Hocke, drei Tage am Stück. Bevor Hadar und ich uns getrennt haben, überschritten wir alle Grenzen, neben allen übrigen Perversitäten wollte sie dauernd, daß ich ihr beim Kacken zusah, das geilte sie auf, und sie wollte auch immer, daß ich sie abwischte.

Ich höre Polizeiwagen, ich muß die Geschichte in aller Kürze beenden, muß den Revolver entsichern, ihn in den Mund stecken. Ich habe wirklich versucht, Frieden zu stiften, ich habe mich wirklich an den Mädchen versündigt, ein unverzeihliches Verbrechen, und nach dem ersten Mal konnte ich nicht mehr aufhören, ich genoß es, zwei kleine Sklavinnen zu haben. Ich wollte sie nicht so oft vergewaltigen, ich wollte wirklich nur den Samen des Friedens zwischen den beiden Völkern säen. Ich wollte die abplatzenden Betonwände und die stinkende Kloecke nicht. Heute früh habe ich sie durch Erdrosseln getötet. Ihr versteht, ich mußte, sie mußten sterben.

Ich liebe diesen Druck, ich bin schärfer, viel gefährlicher. Der Himmel soll für mich um Gnade bitten, keine Betonwände mehr, genug mit Samen, genug mit Erbarmen. Sie sind da. Himmel. Erbarmen. Gott.

16

Schavits Mutter hat Reiki gelernt, etwas, das ihr Leben verändert hat, und nur zum Guten. Vor dem Reiki und den übrigen Komponenten des New Age war sie nichts weiter als eine Chemieingenieurin in einem Betrieb, der Gartenmobiliar aus Plastik herstellte. Man kann mit Sicherheit sagen, daß sie bis vor drei Jahren ein wahres Musterbeispiel für eine verbitterte, dicke Frau in den Wechseljahren war, die versuchte, ihr unglückliches Leben mit einer Hülle von Zynismus zu bemänteln. Das Reiki, wo sie anfangs hinging, um ihre Rückenschmerzen zu überwinden, die sie nach der Bandscheibenoperation hatte, verwandelte ihr Leben. Es gibt keinen Schmerz, der Rückenschmerzen gleicht, fast eineinhalb Monate war sie nach der Operation ans Bett gefesselt, verschrieb sich fünf verschiedenen Telenovelas und begann in Stammelspanisch zu träumen. Ihr Mann Itzik, der in einem anderen Betrieb arbeitete, war es, der ihr das Reiki empfahl, weil es einem Arbeitskollegen von ihm sehr geholfen hatte. Es war an einem der wenigen Abende, an denen er zu Hause war, die meisten Abende war er beschäftigt, eine Sache des Charakters. Schavits Vater und Mutter waren solche Menschen, die sich mit ihren eigenen Dingen zu beschäftigen wußten, Charaktersache eben. Itzik schwamm dreimal in der Woche im »Top Club«, daneben war er Mitglied im Verein der Irakstämmigen, und er besuchte auch einen Kurs in israelischer Landeskunde mit dem Ziel, eines Tages eine Urkunde als Fremdenführer zu erhalten, um seinen Beruf zu wechseln, wenn »die Lage« im Lande ein Ende haben und die Touristen zurückkehren würden.

Es war in der Zwölften, als Schavit, eigentlich insgesamt ein hübsches und kluges Mädchen, diesen Jungen zum Übernachten mit heimbrachte. In diesem Frühling des letzten Schuljahrs, vor dem Krieg, beschlossen Itzig und noch ein Freund, daß sie nicht mehr in einem Bekken schwimmen wollten, und desertierten ans Meer. Dieser Freund von Itzig aus der Armee behauptete, daß das Schwimmen im Meer die Lebenserwartung um zehn Prozent steigere. Genau als Warda anfing, sich mit Reiki-Behandlungen zu befassen. Ihr gefiel die Beschäftigung, und sie kassierte kein Geld dafür. Der Junge war zwei Jahre älter als Schavit, aber er war nicht beim Militär, und Itzig erboste sich darüber, daß er sich gedrückt hatte, doch Warda beruhigte ihn. Seit sie mit dem Reiki angefangen hatte, war sie um Akzeptanz bemüht wie die übrigen Frauen, die in ihrer Gruppe waren, sie sah, wie sie eine echte, warme Beziehung mit den Töchtern aufbauten, und beschloß, daß sie genauso sein wollte.

Der Junge, ich glaube, sein Name war Tom oder Motti, hatte lange, ungepflegte Haare. Er war braunhäutig, dunkler als Itzik, und zog sich an wie ein Barbar. Immer wenn er zu ihnen nach Hause kam, auch in jener verfluchten Nacht, trug er die gleichen zerrissenen, schmutzigen Jeans. Die Hemden wechselte er zwar, aber auch nicht oft. Itzik behauptete, er stinke, aber nur vor Warda, denn er wollte Schavit nicht aufbringen. Schavits Familie hatte eine feste Gewohnheit, zumindest seit sie in ihr neues Heim in Ramat Rabin gezogen und zu einem Garten gekommen waren, in dem Itzik, im Unterhemd und mit Strohhut, immer am Schabbat arbeitete: das gemeinsame Abendessen um zehn nach Abschluß aller Aktivitäten. Der Junge trug nie

Schuhe, und Itzig fürchtete sich davor, daß ihre Freunde diese Kreatur zu Gesicht kriegen würden. An den Abenden, wenn er mit ihnen aß, war er schweigsam, und Warda bemerkte ihren Freundinnen gegenüber immer, daß er den Blick eines verwundeten Tieres hatte. Vielleicht hatte sich Schavit deswegen in ihn verliebt. Er war nicht ihr erster Freund. Warda wußte zumindest, daß sie vor ihm noch Jungfrau gewesen war, sie waren zusammen zum Frauenarzt gegangen, Dr. Kedar. Warda hatte ihn vor fünf Jahren entdeckt, er war jung, hatte gerade den Facharzt gemacht, und hübsch. Wäre er von Beruf nicht Gynäkologe gewesen, wäre Warda sicher gewesen, daß er homosexuell war. Ich denke, das war der Grund, daß er ein äußerst erfolgreicher Arzt war, die Frauen vertrauten ihm, aber er war auch wirklich ein gütiger Mensch. Sie gingen hin, damit Schavit die Pille zur Regulierung ihrer Periode bekam. In Wardas Augen hatte die Art, in der sich Schavit Dr. Kedar überließ, ohne natürliche Scham oder auch nur eine Spur von Verlegenheit, etwas Eigenartiges. Sogar vor Itzik und den Ärzten bei Schavits Geburt war Warda befangener gewesen. Schavits Verhalten erinnerte sie mehr an eine erfahrene Prostituierte als an eine achtzehnjährige Jungfrau.

Einen Monat nachdem sie ihn zum ersten Mal gesehen hatte, blieb der Junge über Nacht bei ihnen, und Schavit teilte es ihnen nicht einmal mit. Anscheinend dachte sie nicht, daß sie ihre Erlaubnis dazu brauchte. Am gleichen Morgen stritt sie mit Warda, die sich über Schavit ärgerte, weil sie jedesmal, wenn sie ihr Geld gaben, alles für Blödsinn hinauswarf. Warda sagte zu ihr, man müsse verantwortlich handeln. Daß der Junge da war, entdeckten sie erst, als sie ins Bett gingen und Stimmen aus Schavits Zimmer hörten, dessen offenes Fenster sich neben ihrem

Schlafzimmerfenster befand. Um die Wahrheit zu sagen, für den größten Teil des Lärms war Schavit verantwortlich, abgesehen von dem Knarzen der Holzbeine des Doppelbetts aus schwerer Eiche, das sie ihr vor einem Jahr zum Geburtstag gekauft hatten. Sowohl Itzik als auch Warda konnten nicht einschlafen, taten aber so, als schliefen sie tief und fest, hauptsächlich um eine peinliche Unterhaltung zu vermeiden. Am Morgen, als Schavit und der Junge ihres Weges gezogen waren, sie in die Schule und er weiß der Teufel wohin, betrat Warda Schavits Zimmer, um nachzuschauen, ob sie weiße Wäsche hatte, und fand einen ausgedehnten Blutflecken auf ihrem Laken. Schavit hatte sich nicht mal die Mühe gemacht, ihn zu verstecken, wozu sie genug Zeit gehabt hätte. Itzik war schon in die Arbeit gegangen, deprimiert wie üblich, und auch wenn er dagewesen wäre, hätte Warda versucht, es vor ihm zu verbergen. Sie war nicht rassistisch, aber Itzik war in einem religiösen Haus erzogen worden und glaubte, daß die Realität hauptsächlich das war, was er wissen wollte. Er war auch ein vollkommener Ignorant in allem, was Mädchen anging, er glaubte ihr sogar, daß sie ihre Unschuld wie von der Religion vorgeschrieben bis zur Hochzeit bewahrt hatte und daß es einfach Frauen gab, deren Jungfernhäutchen nicht blutete, und hätte er die Wahrheit gewußt, hätte er die Eheschließung sicher annulliert. Sie konnte sich gar nicht vorstellen, wie völlig anders die Wahrheit aussah. Itzik hatte sich ganz einfach nicht die Mühe gemacht, ihr zu erzählen, daß er vor ihr bereits mit über zehn Frauen geschlafen hatte, es gab Dinge, über die man nicht unbedingt sprechen mußte. Alles, was er in seinem Leben erreicht hatte, beruhte darauf, daß er das israelische Spiel besser spielen konnte als die anderen. Itzik verstand es immer, die anderen dazu zu bringen, sicher zu sein, daß er genau das war, was sie wollten. Am meisten liebte er es, den dümmlichen volkstümlichen Orientalen zu spielen, die Leute wollten immer schützend ihre Fittiche über einen breiten, der sich so bemühte. Vielleicht wußten nur seine Kameraden in der Armee und Avner, sein Kompanieführer, der in die USA desertiert war und dieses Jahr zu Besuch zum Tanzfestival kam, wie durchtrieben und brillant er war. Nun gut, sie alle waren ein Jahr und zwei Monate eng zusammen gewesen, und er liebte sie auch, ehrlich und aufrichtig.

Warda stand fünf Minuten in Schavits Zimmer, versuchte zu entscheiden, was sie tun sollte, roch den Dunst von Sex und getrocknetem Blut. Nachdem sie die elektrischen Jalousien geöffnet hatte (ein teures und überflüssiges Accessoire, auf dessen Anschaffung Itzik aus geheimnisvollen Gründen beharrt hatte), spürte sie, wie die negative Energie in ihr hochstieg und Kopfschmerzen verursachte. Sie rief Pini an, den Mann, der sie Reiki gelehrt hatte und der sich auch mit Kristallen und Homöopathie befaßte. Für Warda war er auch Psychologe, Arzt und Liebhaber. Für sie war er immer da. Warda rief im Betrieb an, teilte mit, daß sie heute nicht kommen würde, weil sie sich nicht gut fühlte. Sie öffnete das riesige Fenster auf die cremefarbene Terrasse, machte sich einen Lavendeltee und wartete auf ihn, während sie gleichgültig die Zeitung überflog, wie immer von hinten, ein Brauch, der in einem Staat wie dem unseren stets hilfreich ist.

Vor der Transformation war unser lieber Pini Unternehmer, Besitzer einer Speditionsfirma und Fahrlehrer gewesen. Als Fahrlehrer hatte er es am längsten ausgehalten, natürlich nur bis die Polizei seinerzeit auf ihn stieß, Bestechungs- und Betrugsaffären zwischen zahlreichen Fahrlehrern und Prüflingen im Norden aufdeckte und der arme Pini einer der Hauptverdächtigen war. Die Polizei verhaftete ihn um Mitternacht, gerade als er mit seiner Frau Rachel schlief, die heute ebenfalls eine Transformation durchlaufen hat, allerdings in anderer Richtung, in die indianische und das Leben nach dem Tod, und vor fünf Jahren offiziell als Schamanin anerkannt wurde. Warda hatte Pini und Rachel einmal zu ihnen zum Abendessen nach Hause eingeladen, ein Akt, der sich nachher als eine wirklich schlechte Idee herausstellte. Pini und Itzik gerieten in eine Streitdebatte über die orientalische Larmoyanz, wie Pini das überheblich und wütend bezeichnete. Itzik war bis in die tiefste Seele beleidigt und wollte seitdem nicht mehr mit Pini reden, der sich sogar in bester Form entschuldigt hatte. Ein Jahr nach dem überflüssigen Streit schlief Warda zum ersten Mal mit Pini, nach einem Reiki-Workshop. Zu der Zeit, als sich die nette Schavit mit dem Taugenichts herumtrieb, durften sich Warda und Pini bereits nicht mehr treffen (natürlich außer den Treffen bei den Behandlungen). Rachel hatte die Affäre entdeckt und ihr ehrenhaftes Schweigen von der Bedingung abhängig gemacht, daß sie sich nie mehr alleine trafen. Aber hier handelte es sich um einen Notfall. Pini fuhr schleunigst zu Warda, nicht um mit ihr zu schlafen, er wollte ihr wirklich helfen, er fühlte sich mit ihr verbunden. Um ehrlich zu sein, mit Warda zu schlafen begeisterte ihn nicht, sie war zu dick. Als bekannter Reiki-Meister konnte er an jüngere und frischere Frauen kommen, fast in Schavits Alter, nicht daß er so etwas je getan hätte. Aber er hätte gekonnt, und das genügte einem Mann in seinem Alter.

Pini traf schnell ein, kontrollierte, ob sich Itzigs Wagen nicht zufällig auf dem privaten Parkplatz befand (jede Partei im Gebäude hatte einen reservierten Parkplatz). Er fürchtete, es sei eine Falle. Er verdiente nicht schlecht, doch er scheute sich, ein neues Auto zu kaufen, denn seine Patienten wollten, daß er sich spirituell zeigte. Sie wollten nicht sehen, daß ihr Mentor genauso materialistisch wie sie war und mit einem neuen, eleganten Wagen protzte. Pini wußte, daß man die Beschränkungen des Berufs zu respektieren hatte. Man mußte auch immer richtig angezogen sein. Er achtete darauf, sich in grob gewebtes Weiß zu kleiden, um den Hals trug er eine Kette aus violetten Kristallen, die er von einer Freundin geschenkt bekommen hatte, die damit handelte. Pini wußte, daß die Tür eigens für ihn offen war, und ging direkt zur Terrasse durch, wo Warda auf ihn wartete, den Plastikstuhl mit ihrer Fettmasse ausfüllend. Sie hatte sich eine Kompresse mit Minze und Ysop gemacht und ihre Augen damit bedeckt. Er begrüßte sie, nicht sicher, ob sie bemerkt hatte, daß er eingetroffen war. Er schenkte sich Kräutertee aus der Porzellankanne auf dem Tisch ein, in die einzelne Tasse, die daneben stand, die Tasse, die auch Warda benutzt hatte. Als er fertig war, ergriff er mit beiden Händen Wardas Hände, übermittelte ihr positive Energie. Warda erzählte ihm alles, und er versuchte sie zu beruhigen. Je jünger ein Mädchen ist, desto leichter ist es, sie zu beruhigen, wenn sie weint, dachte er im stillen. Er versuchte, sie von der Schönheit des Prozesses zu überzeugen, den Schavit heute durchlaufen hatte, und überredete sie, Schavit zur Feier ihrer Frauwerdung auszuführen. Nachdem Warda überzeugt war und aufhörte, sinnlos zu heulen, versuchte sie, ihre schwere Schminke abzuwischen, die verschmiert war. Um sie endgültig zu beruhigen, schlief er mit ihr. So ist das mit den Frauen. Im Kopf stellte er sich vor, er sei derjenige, der Schavit entjungferte, um schnell zu kommen. Er hatte noch einiges zu tun heute. Bevor er ging, gab er ihr einen Kristall und Nelkenöl, das er zufällig in der Aktentasche hatte. Er erinnerte sie auch daran, daß sie übermorgen um acht Uhr abends einen Hypnosetermin zur Seelenwanderung mit Rachel hatte. Von Warda fuhr er direkt zu seiner wöchentlichen Visite in der Reha-Abteilung der Ortskrankenkasse im Stadtzentrum. Pini liebte es, dort hinzugehen. Die Invaliden lagen in stiller Ergebenheit auf den Matratzen und erwarteten nicht, daß er sie rettete. Je kleiner die Hoffnung ist, desto glänzender ist der Erfolg. In letzter Zeit hatte Jakov, der persische Krüppel, der sich am meisten anstrengte, leicht hinkend wieder zu gehen angefangen, was ein wenig Pinis Verdienst war. Es gab dort auch eine junge Pflegerin, die ihn bewundernd ansah, wirklich ein hübsches junges Ding, er dachte daran, sie eines Tages zu vögeln, vielleicht wenn Rachel zu einer ihrer Vollmondnächte im Wald mit den übrigen Hexen fahren würde. Sie stellte ihm immer interessierte Fragen. Er würde sie einfach zu einer experimentellen Behandlung in der Nacht zu sich nach Hause einladen, von da ab würde alles ganz einfach sein. Sie hatte schönes schwarzes, sehr langes Haar.

Am Abend dieses Tages führte Warda Schavit in ein beliebtes Restaurant im Einkaufszentrum aus, zum Abendessen, wie es Pini empfohlen hatte. Sie saßen in einer Ecke abseits, unter dem Gemälde einer Frau, an deren häßlicher Frisur sich erkennen ließ, daß das Bild aus den achtziger Jahren stammte. Warda fürchtete, daß ein Arbeitskollege sie entdecken würde, wie sie an einem Tag, an dem sie erklärt hatte, krank zu sein, im Restaurant saß. Sie hatte Schavit eine Goldkette als Geschenk zu dem Ereignis gekauft, scheute sich aber, ihr zu erzählen, was sie feierten. In dem Haus, in dem Warda aufgewachsen war, war es nicht üblich, über solche Dinge zu reden. In derselben Nacht, als sie, frustriert von der langsamen Bedienung, zurückkehrten, war es schon nach Mitternacht, und Itzik war vor einem Film auf Kabel eingeschlafen, eine halbvolle Dose Carlsberg auf dem Glastisch. Der Junge von Schavit war nicht gekommen. Diese Nacht konnten sie wenigstens in Ruhe schlafen. Schavit ging in ihr Zimmer, wobei sie fast im Gehen einschlief, und Warda weckte Itzig sanft und half ihm, sich vor dem Zubettgehen auszuziehen. Er beharrte darauf, nackt zu schlafen, er behauptete, nur so sei es ihm bequem. Es war Montag nacht, seit fast zwei Wochen schon hatte er nicht mit ihr geschlafen, seine ganzen Aktivitäten machten ihn immer furchtbar müde am Abend. Am Anfang hatte sie versucht, ihn zu allen möglichen Seminaren mitzuschleppen in der Hoffnung, auch er würde sich in das New Age verlieben, doch Itzik haßte dieses ganze Thema abgrundtief. Manchmal dachte Warda, daß er im Grunde sie haßte und seine ganze Erbitterung gegen Reiki, Seelenwanderung, Homöopathie und Aromatherapie seine Art war, seinen Abscheu für sie auszudrücken. Zu Beginn ihrer Beziehung war er der Geistige und der Romantiker von ihnen beiden gewesen und sie die Realistische. Nur dank ihrer hatte er im Leben etwas aus sich gemacht. Er mußte überhaupt dankbar sein, dank ihrer und des beträchtlichen Erbes, das sie von ihren Eltern erhalten hatte, war Itzig dem Kreis der Armut entkommen, der seine ganze Familie umgab. Manchmal kamen seine Brüder demütig an, um den erfolgreichen Bruder um Geld zu bitten, und er, seine Position als Gönner genießend, gab es ihnen, und Warda verstand es, nicht mit ihm über das Geld, das er ihnen gab, zu streiten. Nur einmal war er damit einverstanden, daß sie ihn behandelte. Als er wirklich krank war und vor Fieber fast halluzinierte, erlaubte ihr Itzik, auf seinem zitternden Körper Steine zu verstreuen und das Zimmer nach der Feng-Shui-Methode zu arrangieren, und während er elend dalag, eingepackt in Kristalle und Rosmarin, genoß er ihre Aufmerksamkeit und die Schavits, die er in ihrer Kindheit »meine Prinzessin« genannt hatte. Auch am nächsten Tag erschien der Junge nicht, und Warda hoffte, daß die Geschichte ausgestanden war. Sie dachte sich, daß der Junge Schavit in jener Nacht möglicherweise vergewaltigt hatte. Sie hatte auch die Absicht, sie zu fragen, doch der Junge tauchte wieder auf, bevor sie dazu gekommen war.

Es war in der Nacht vom Mittwoch, Itzik bestand darauf, die Wohnung jeden Mittwoch selbst zu wischen, obwohl sie eine Putzfrau hätten zahlen können. Itzik wollte kein Personal im Haus. Er holte immer den alten Walkman, den sie Schavit gekauft hatten, als sie vor fast zehn Jahren nach Paris geflogen waren, legte eine italienische Sprachkassette ein, und so, mit Schrubber und Eimer, vor sich hin murmelnd, wischte er die Wohnung mit der gleichen Gründlichkeit, mit der er jede Aufgabe ausführte, und mit einem Lächeln. Warda kam übellaunig nach Hause, die Seelenwanderungshypnose bei Rachel, Pinis Frau, war aus bedauerlichen Gründen verschoben worden. Die Mutter eines Jungen namens Ofek, der vor einem Jahr ermordet worden war, ging vor ihr hinein, und etwas mit der Verbindung lief schief, sowohl die Mutter als auch Rachel brüllten im Zimmer. Sogar Pini rannte hinein, ignorierte sie, nicht einmal ein Gruß. Als Pini die Tür aufmachte, versuchte Warda hineinzuspähen, und ihr schien, als sei der Raum voller Blut. Nicht einmal ein Glas Wasser boten sie ihr an. Zwei Wochen danach sollte sich Pini bei ihr entschuldigen, wenn er mit Rachel käme, um sie zu versöhnen und sie beide zu bitten, sich als Investoren an dem Therapiezentrum zu beteiligen, das er und Rachel im Industriezentrum eröffnen wollten. Ihr düsterer Ehemann würde die neue Lage genießen und Pinis Bitte dazu nutzen, sein verletztes Ego aufzupolstern. Wenigstens würde er am Schluß zustimmen und nachher im Bett mit ritterlichem Stolz bemerken, daß Pini alles in allem ein guter Kerl war. Für einen Moment dachte Warda, daß vielleicht auch Itzik verzaubert worden sei und sich genau wie sie in ihn verliebt hatte. Der Gedanke amüsierte sie.

Unverständlicherweise kehrte Itzik am Donnerstag früher von der Arbeit zurück und brachte für Warda ein Blumenarrangement mit, dessen Preis ihre Freundinnen am nächsten Tag auf über hundertzwanzig Schekel schätzten. Die überraschte Warda hatte vergessen, daß es ihr Hochzeitstag war. Als sie nach Hause kam, erwarteten sie die Blumen auf dem Glastisch, auf den man keine Gläser ohne Untersetzer stellen durfte, und Schavit war mit dem seltsamen Vogel schon in ihrem Zimmer. Warda hatte immer gedacht, daß Itzig Schavit zu sehr behütete und Schavit deshalb nie einen Freund haben würde. Itzik nutzte die Stille im Haus und führte Warda an der Hand ins Schlafzimmer, wo er zwei schimmernde Gläser und eine Flasche gekühlten Merlot vorbereitet hatte, die er im Supermarkt gekauft hatte. Auf dem Etikett war das Bild einer schwarzen Katze, die als kleine Plastikfigur auch das vergoldete Verschlußband der Flasche zierte. Später würde Warda die schwarze Plastikkatze als wehmütige Erinnerung an jenen Abend aufbewahren. Itzig zog sie aus, leckte ihre hängenden Brüste, die immer groß waren, versank zwischen ihren dicken Schenkeln. Fast eine Stunde lang schliefen sie zusammen. Als sie gerade erst geheiratet hatten, war er immer furchtbar schnell gekommen. Nachdem sie wieder Atem geschöpft hatten, lagen sie still im Bett. Schließlich stand Itzik auf und ging aufs Klo, ließ Warda in der Dunkelheit zurück. Sie waren nicht dazu gekommen, etwas zu essen. Es störte Warda, daß sie in der neuen Wohnung keine Toilette und Dusche im Zimmer hatten. In ihrem Alter in der Nacht aufs Klo zu gehen war ein echtes Problem. Warda wartete im Bett auf ihn, bedeckte ihre gespreizten Beine, ihr ganzer Körper schmerzte. Itzik hatte sie auf seine alte, rücksichtsvolle Art zerrissen. Sie wartete lange Zeit darauf, daß er zurückkehrte, versuchte, durch die geschlossene Tür etwas zu erlauschen, herauszufinden, ob er jetzt den Fernseher eingeschaltet hatte, etwas, das sie sehr beleidigt hätte. Zuletzt stand sie auf, zog den grünen Frotteemantel an, auf dem ihr Name, umgeben von weißen Blümchen, in Weiß eingestickt war, den sie vom Team ihrer Abteilung vor zwei Jahren zum Geburtstag geschenkt bekommen hatte. Die ganze Wohnung war dunkel, wie sie sie hinterlassen hatten. Itzik achtete immer sorgfältig darauf, alle Lichter auszuschalten, nur aus Schavits Zimmer drang ein heller Spalt. Warda trat besorgt ein, das Fenster stand sperrangelweit offen. Schavit und ihr Vater Itzik saßen in enger Umarmung da. Schavit weinte, Itzik weinte. Schavits Arme waren nackt und feuerrot. Im Raum hing trotz des offenen Fensters der Geruch nach versengtem Fleisch und der Geruch von Säure, den Warda sehr gut aus der Arbeit kannte. Warda ging, um Eis zu holen, und erst nachdem sie draußen war, schrie Schavit vor Schmerz. Wie ein Tier vor seinem Tod.

Als sie vom Arzt zurückkamen, der Schavits Arme verbunden und bestätigt hatte, daß es tatsächlich ätzende Säure gewesen war, rannte Itzig im Garten herum, sah sich die Abdrücke der nackten Fußsohlen an, die der Junge hinterlassen hatte, der aus dem niedrigen Fenster geflüchtet war. Wenn nur die computergesteuerte Automatik heute den Garten bewässert hätte und nicht, wie programmiert, dienstags und freitags, hätte man den Jungen verfolgen können. Ihn erwischen. Fast eine Woche lang versuchten sie, Schavit davon zu überzeugen, bei der Polizei Anzeige zu erstatten, doch sie blieb bei ihrer Weigerung, die Polizeistation in der Stadt auch nur zu betreten. Itzik schien von ihnen allen am meisten mitgenommen zu sein.

Knapp über ein Jahr später sah Warda den Jungen, Schavit war schon beim Militär. Es war an einem Freitag, ein Wintermorgen mit Sonne und kaltem Wind. Warda kaufte Zeitungen für zu Hause, Itzik liebte es, samstags die »Ha'arez« zu lesen, wenn er einigermaßen Zeit hatte. Sie genoß die Ruhe, hielt unter einem Maulbeerfeigenbaum gegenüber dem Springbrunnen inne, der von irgendeiner Bank im alten Geschäftszentrum neben dem Hotel gestiftet worden war. Es gab dort jeden Freitag morgen eine Art Ausstellung von Billigschmuck. Der Verkäufer war lahm und einäugig, hatte schwere Brandnarben übers ganze Gesicht, rot, sich schälend und häßlich. Da sah sie den Jungen, er war größer, als sie ihn in Erinnerung hatte, und schmutziger. Er ging im Kreis, redete mit sich selbst, barfuß. Warda konnte ihren Blick nicht von ihm wenden. Der Junge fuhr mit seinen abgezirkelten Kreisen fort. Es gab noch andere, die ihn beunruhigt betrachteten, er war extrem mager, möglicherweise war er tatsächlich am Sterben. Der Verkäufer bemerkte, daß sie den Jungen ansah, und begann stotternd Erklärungen zu geben. Er ist die ganze Zeit da, er schläft auf dieser Bank, man sagt, daß sein Vater, der in der Stadt angesehen ist, versucht hat, ihn totzuprügeln, daß die Drogen sein Hirn ausradiert haben. Mein Bruder ist mit ihm ins Gymnasium gegangen, er war sogar ein ausgezeichneter Schüler. Ich habe gesehen, daß es Leute gab, die haben versucht, ihn mit nach Hause zu nehmen, damit er was ißt, aber man sagt, daß er sie geschlagen hat.

Der Junge verharrte plötzlich mit einer scharfen, vibrierenden Bewegung, vielleicht hatte er Warda bemerkt und sie erkannt, näherte sich ihnen und fing an, in dem kleinen Abfalleimer zu wühlen. Der Verkäufer hob einen großen Stein und warf ihn mit beeindruckender Genauigkeit, traf ihn an der Brust, aus der die Rippen herausstanden. Der Brocken prallte mit dumpfem Echo auf. Der Verrückte flüchtete stumm. Warda blickte den Verkäufer an, der vor Zorn aufstampfte, und sagte zu ihm: Das hätten Sie nicht tun müssen. Er ist auch ein Mensch. Sie ging wütend zu ihrem Wagen, obwohl sie vorgehabt hatte, sich eine Silberkette bei dem Hinkenden zu kaufen. Sie hatte einen Reflexzonenworkshop, und danach mußte sie Schavit vom zentralen Busbahnhof abholen.

17

Die Versicherung, die sie im voraus für die ganze Delegation abgeschlossen hatten, übernahm sämtliche Ausgaben für die Knieverletzung, die Avner und seine Tochter Molly zwangen, noch eine gute Woche in Karmiel zu bleiben. Molly hatte sich das Knie am letzten Tag des Tanzfestivals ruiniert, nachdem sie die ganze Nacht nach ihr gesucht hatten. Sie fanden sie am Morgen, richtiger gesagt, die örtliche Polizei hatte sie in der Früh entdeckt und die verletzte Molly in den Streifenwagen eingeladen. Die Polizisten sagten, sie sei die letzte bei der Tanzveranstaltung auf den Tennisplätzen gewesen, sie hatten sie weinend auf den Betonbänken aufgefunden. Im ersten Moment waren sie sicher, daß auch Molly das Opfer einer Vergewaltigung geworden war – in jener Nacht war ein junges Mädchen aus der Stadt von drei Arabern im Ofirapark grausam vergewaltigt worden, dreihundert Meter entfernt von dem Ort, an dem man Molly fand. Das Vergewaltigungsopfer und ihr Freund hatten sich zurückgezogen, um zu knutschen, bis sie plötzlich von diesen Dreckskerlen überrascht wurden. Sie nahmen Molly auf die Wache mit und gaben ihr Optalgin, das natürlich nichts half, und ließen sie ausruhen. Hübsche Frauen wie Molly holen immer das Beste aus jedem Menschen heraus, und besonders aus Polizisten. Sie überließen ihr ein Zimmer im ruhigeren ersten Stockwerk und löschten das Licht, damit sie leichter einschlief. Aber Molly konnte nicht schlafen wegen den Schmerzen, die fast unerträglich waren, und weil die Vergewaltigte zu Untersuchungszwecken im Nachbarzimmer untergebracht worden war. Sie verstand nicht viel von dem, was sie hörte, sie hatte nie Hebräisch gelernt, aber sie verstand die Schreie und das Weinen. An einem bestimmten Punkt traf, außer sich, die Familie des Opfers ein, sie schrien die Polizisten an, schlugen gegen die Wände, weinten. Auch unsere Molly weinte, auch Molly tat es weh.

Nachdem der Arzt von der Vergewaltigten herauskam, schickten ihn die Polizisten in Mollys Zimmer. Auch Molly untersuchte er in Anwesenheit der Vergewaltigungsoffizierin. Man hatte die Polizei in Karmiel schon wegen sexueller Belästigung verklagt, und die Offizierin war das einzige weibliche Wesen der Mannschaft zu dieser frühen Morgenstunde. Der Arzt namens Arkadi und die Offizierin mußten Molly die engen Jeans ausziehen, sie konnte es nicht selbst, da sie das Knie nicht bewegen konnte. Das glatte Knie war rot angeschwollen mit Schmerzsymptomen im Gelenkbereich. Ein Teil von Mollys Schamhaaren quoll zufällig aus der schwarzen Unterhose heraus. Der Arzt konnte nicht umhin, es zu bemerken, obwohl er sich aufrichtig bemühte, nicht hinzusehen, erst einen Moment zuvor hatte er das verletzte Opfer der grausamen Vergewaltigung untersucht. Bevor er nach Israel eingewandert war, war er ein angesehener Gutachter gewesen, er war hauptsächlich seiner Kinder wegen emigriert, vor allem wegen des Ältesten, der angefangen hatte, sich in Moskau mit Straßenbanden herumzutreiben. Stas hieß der Große, der einmal für drei Tage verschwunden war. Später, als sie nach Israel eingewandert waren und sich Stas zur Fallschirmspringertruppe gemeldet hatte, erzählte er ihnen von der Mutprobe einer der Banden. Er mußte in die unterirdische Stadt hinuntergehen, die sich unter der

U-Bahn fortsetzte. Die unterirdische Welt war als Atombunker in der Stalinära erbaut worden, es gab dort Raum für sämtliche Einwohner der Hauptstadt sowie für die Betriebe. Sogar fünfzehn Kinosäle hatte man dort eingerichtet. Als Stas für drei Tage in die unterirdische Stadt eindrang, war sie voller Moder, Ratten, schwindsüchtigen Obdachlosen und Kriminellen, die seit Jahren kein Tageslicht erblickt hatten, dazu die Kanalisation mit lauter alten tropfenden Rohren. Stas erzählte ihnen nie, was er in dieser Hölle dort durchmachte, er kehrte einfach nach drei Tagen zurück, über und über mit getrocknetem Blut und Schürfwunden bedeckt, die Arkadi zu Hause desinfizierte. Seine Kleider waren zerrissen, und er sah fahl glänzend wie ein Gespenst aus, schwankte wie ein Betrunkener. Eine Woche nachdem er zurückgekehrt war, emigrierten sie plötzlich nach Israel. Arkadi arbeitete schon seit zwei Jahren bei der Polizei von Karmiel. Er stellte fest, daß Molly dringend einen Orthopäden brauchte. Nach dem, was er ertastete, handelte es sich um eine ernste Sehnenüberdehnung oder einen Meniskusriß.

Als er die Untersuchung beendet hatte, trafen Mollys besorgte Eltern ein. Ihr Vater sprach Hebräisch flüssiger als Arkadi. Der Bus mit dem Rest der Tänzer wartete draußen, ihr Flug ging mittags. Die anderen Mitglieder der Tanzgruppe, alle in Mollys Alter, waren mindestens so beunruhigt wie ihre Eltern. Sie hatten die Verbindung mit ihr ungefähr eine Stunde nach der Schlußvorstellung des Festivals verloren, bei der sie im Amphitheater aufgetreten waren. Auf dem Jahrmarkt hatten sie sie verloren, sie war allein mit einer hübschen jungen Frau zurückgeblieben, die sehr langes schwarzes, wunderschönes Haar hatte. Sie halfen auch mit, Molly zu suchen, als ihre Eltern um vier Uhr morgens besorgt im Klassenzimmer des Schulgebäudes eintrafen, wo sie auf den schmutzigen staubigen Matratzen schliefen.

Die Vergewaltigungsoffizierin ging hinaus, Arkadi blieb mit ihnen in dem abgedunkelten Zimmer, er hatte das Gefühl, daß er ihnen einen Rat geben sollte. Er wollte nicht, daß sie mit ihr flogen, ihr Knie würde den Flug nicht durchstehen. Wenn er gekonnt hätte, hätte er sie mit Stas zusammengebracht, der sehr verroht und knapp in seinen Gesprächen geworden war, seit er sich zu Spezialeinsätzen gemeldet hatte, möglicherweise war es ihm schon gelungen, Terroristen zu töten, er erzählte nichts.

Die Mutter, mit einer Menge Goldschmuck behängt, ignorierte Arkadis Rat. Sie beharrte auch darauf, Englisch zu sprechen, obwohl ihr anzumerken war, daß sie ebenfalls Hebräisch konnte. Sie hatte kein Vertrauen zu den Ärzten in Israel, Arkadi begriff, daß sie Molly zu ihrem Arzt in Los Angeles bringen wollte. Schließlich stand Avner auf, der um Schweigen bemüht war, während seine Frau mit dem Arzt stritt, und es vorzog, neben Molly zu sitzen und sanft ihr Haar zu streicheln, und sagte zornig im Befehlston zu seiner Frau, daß er mit Molly hierbleiben würde, bis sie fliegen könne, und sie solle mit dem Rest der Tanzgruppe zurückkehren. Er warf ihr auch vor, daß der Junge durch die Schuld jenes Arztes dort gestorben war, wenn er dem Jungen geglaubt hätte, hätte man vielleicht etwas tun können. Sie hatten den anderen Eltern versprochen, daß sie die Kinder auf dem Flug begleiten würden. Arkadi blickte die Frau an, die von der bestimmenden Haltung ihres Mannes überrascht schien und bei der letzten Bemerkung leise zu weinen anfing. Sie umarmte ihn schweigend, streichelte dann zart Mollys Kopf und ging stumm hinaus. Die anderen warteten, bis sie den Autobus, aufgeladen mit der Aufregung der Jugendlichen, abfahren hörten, und erst dann setzten sie sich in Bewegung, hinkend. Arkadi bestand darauf, sie am Hotel abzusetzen, das ohnehin auf dem Weg lag. Er wollte etwas sagen zu diesem hochgewachsenen Mann mit dem weißen Bart, doch er wußte nicht genau, was. Nur Gutes natürlich.

Rotem liebte es, aufzuwachen oder gar nicht zu schlafen, bevor er im Morgengrauen in der Konditorei zu arbeiten begann, die er mit seinem Vater, ein Jahr nachdem er vom Militär entlassen worden war, wieder aufgemacht hatte. Um den Betrieb neu zu eröffnen, verwendete er sein ganzes Starthilfegeld, das ohnehin mager war, weil Rotem nur zwei Jahre in der Armee gedient hatte, im Anlagenschutz (wochenweise). Er verbrauchte auch das gesamte Geld, das er im Laufe des einen Jahres gespart hatte, in dem er als Blumenbote gearbeitet hatte. Zum Schluß, als sie schon eine kleine, zweifelhafte Örtlichkeit im Industriegelände angemietet hatten, Holzregale, Öfen und Backformen gekauft hatten, sah sich Rotem gezwungen, einen Teil des Radioequipments zu verkaufen, das seine Brüder aus der Zeit hatten, als sie eine Piratenstation in Karmiel betrieben, um Geld für den Kauf eines Lieferfahrzeugs zu beschaffen. Nach fünf Jahren aufgezwungener Arbeitslosigkeit fehlte seinem Vater jeder Überlebenswille, er schleppte sich einfach hinter Rotem in den Laden und buk herrliche Kuchen, aber ohne Interesse. Es war Rotem, der vorschlug, daß sie auch besondere Brote mit Sonnenblumenkernen oder Vollkorn backen sollten, die alle Gesundheits- und Langes-Leben-Apostel aßen. Das war seine Abteilung. Er machte auch die meisten Lieferungen. Schon in der Zeit mit den Blumen hatte er nicht verstanden, wie sich arme Leute, die kein Geld hatten und in langen, stinkenden Wohnblocks wohnten, Blumen oder

Kuchen erlaubten. Zweimal rissen sie ihm den Kuchenkarton weg und knallten die Tür zu, ohne zu zahlen. Einmal hatte man ihn schon mit Gewalt gegen eine Wand gedrängt. In den Nächten rauchte er mit seinen Freunden, sie hatten sich sogar im Internet als Aktivisten der Partei zur Freigabe von Gras registrieren lassen. Rotem, der seine Haare wieder sprießen ließ und versuchte, sich einen Schnurrbart wachsen zu lassen, der nicht lächerlich aussehen würde, lag in seinem Bett im Hause seines Vaters, doch er schlief nicht ein. Er wußte, daß er aufhören mußte zu rauchen. Rotem dachte an alle Freundinnen, die er gehabt hatte, und er sehnte sich nach ihnen, ihr Schattenecho war durchsichtig wie Geister, immer angezogen und verzeihend. Er liebte sie wirklich, war wirklich mit ihnen ausgebrannt, und das war das Problem. Sie alle waren ruhelose Geister. Vielleicht sollte er zu einer Expedition aufbrechen. Er brauchte keinen Wecker, um im Morgengrauen für die Bäckerei aufzuwachen.

18

Manchmal, wenn ich mitten in der Nacht aus Träumen aufwache, stehe ich auf, um draußen auf dem Balkon eine zu rauchen. Wenn mir einfällt, daß die Fahne existiert, versuche ich, sie in der Nacht über dem Tel Bata auszumachen. Tel Bata, wo mit Sicherheit die antike byzantinische Stadt lag, ist vom Balkon meines Hauses aus zu sehen. Wenn ich Leute auf der Spitze herumspazieren sehe, rufe ich die Polizei an und melde den Diebstahl von Antiquitäten. Nicht daß jeder, der hinaufsteigt, alte erdbedeckte, beinah farblose Mosaiken stehlen würde. Die Polizei hat sowieso noch nie ernsthaft auf mich reagiert. Ich rufe hauptsächlich an, um mich selbst gut zu fühlen. Bis vor fünf Jahren gab es im Zentrum des Tels, wo eine prunkvolle Kirche stand, ein riesiges Mosaik, das Stück für Stück in Manteltaschen verschwand. Jetzt haben sie dort eine Riesenisraelfahne aufgehängt, die fast von jedem Punkt in der Stadt aus zu sehen ist. Der Tel ist hoch. Ich wollte eine Initiative gegen die Fahne gründen, na gut, die Gedanken von Arbeitslosen. Die meisten Leute stört die Fahne nicht, vielleicht gibt sie ihnen sogar ein zweifelhaftes Gefühl von patriotischem Stolz. Den Byzantinern tut der Anblick der Fahne nicht mehr weh, sie haben sich schon daran gewöhnt, zwischen uns zu weilen, fahren fort, in ihrer Ruinenstadt zu leben, zu Gott zu beten, der in diesem Land in der Sonne verschmort.

Jetzt regnet es. Ein regnerisches Jahr, die ganzen Hügel und die Stadt sind voll braunem Schlamm. Es ist drei Monate her, seit ich vom Militär nach Hause zurückgekommen bin. Eines Abends ging ich zu dem Lebensmittelladen hinunter, der neu aufgemacht hat. Schon seit fünf Jahren ist er geschlossen und verkommen, seit ich in der Zwölften war und der Ladenbesitzer von zwei Motorradfahrern ausgeraubt und verletzt wurde. Der neue Besitzer ist ein sehr armer Mensch und hat kein Geld, um Ware zu bestellen. Er hat nur eine Sorte Zigaretten und massenhaft Konserven mit Erbsen und Karotten. Die rohen Eisenregale, die vorläufig leer sind, hat er mit Aluminiumfolie abgedeckt, was einem das Gefühl eines Zerrspiegels gibt. Ich habe Mitleid mit ihm. Am Ausgang wartete ein fremder Mensch, stand draußen trotz des Regens, trug einen schwarzen Ledermantel. Das war der Besitzer des Ladens, der überfallen worden war. Offenbar hatte er gehört, daß wieder aufgemacht wurde, und beschlossen, selber nachzuschauen. Ich versuchte, an ihm vorbeizukommen, aber er erkannte mich.

»Du bist von der Familie Ashkenazy?« fragte er mich. Seine Sprechweise, von der man sich erzählte, daß sie nach der Verletzung nur stotternd gewesen sei, war durchaus klar und fest. Auch stand er ganz kräftig da. Anscheinend war die Rehabilitation gelungen.

»Ja, ich bin Yiftach, der mittlere«, antwortete ich ihm.

»Ich hab's gewußt, daß ich dich erkannt habe, du hast dich nicht groß verändert.« Ich zündete mir demonstrativ eine Zigarette an und bot ihm eine an, zufrieden mit meiner Bösartigkeit. Er hatte tatsächlich endlich zu rauchen aufgehört. Er lehnte ab und bestellte herzliche Grüße an meine Eltern.

»Mein Vater ist tot«, warf ich ihm hin und ging ohne Abschiedsgruß. Ich mag ihn nicht besonders.

Sie haben wirklich gute Arbeit geleistet in der Reha. Ich

dachte, er sei noch im Rollstuhl. Eine Woche nachdem der Lebensmittelladen wieder aufgemacht hat und Flyer auf russisch im ganzen Viertel verteilt wurden, wurde er schon wieder geschlossen, pleite. Ich weiß nicht, ob ich diese Stadt liebe oder hasse, aber sicher ist, daß ich einsam genug bin, um in Ruhe zu schreiben. Als ich ein Kind war, machten mich Gedanken an andere Häuser, andere Familien und ihre Alltagsroutine, wie sie zum Beispiel beim Abendessen sitzen, traurig. Offenbar hatte er nicht genügend Kunden. Es ist noch nicht kalt genug hier. Am Morgen ging ich in die Bibliothek, versuchte, meine letzte verbleibende arbeitslose Zeit durchzubringen. Als ich zwischen den Büchern herumsuchte, bemerkte ich den verrückten Jungen vom Stadtzentrum, der immer in Kreisen geht und mit sich selber redet. Er saß im Lesebereich, zwischen den ganzen Alten, die wochenalte Tageszeitungen in ihrer Muttersprache lesen, und studierte ein altes Buch. Bisher hatte ich ihn immer wie einen Verrückten herumlaufen sehen, und jetzt las er plötzlich ein dickes Buch. Ich versuchte zu sehen, ob er wirklich las oder nur so tat, um ein bißchen Wärme und Schutz vor dem Regen mitzunehmen. Er las wirklich, blätterte mitfühlend die Seiten um, hielt ab und zu inne, um zu grübeln, und sein Blick war schön. Ich hätte gern gewußt, was er las, aber ich hatte nicht genug Mut, um dort vorbeizuschlendern und ein Gespräch anzufangen. Vielleicht ist er ein guter Mensch, der vor Einsamkeit verrückt geworden ist. Vielleicht ist er ein Genie.

Beim Festival, einen Monat nachdem mein Vater getötet wurde, schrieb ich ein bißchen, und dann ging ich auf den Jahrmarkt, um rauszukommen und Leute anzuschauen, versuchte, das Gefühl zu rekonstruieren, das mir der Ort einmal gegeben hat. Wir rannten Stunden auf dem

Rummel herum, alle Jugendlichen der Stadt waren dort. Der Jahrmarkt befindet sich direkt unterhalb der verglasten städtischen Bücherei. Wir trieben uns bis zum ersten Morgengrauen herum, machten nur Pausen, um billigen Wodka zu trinken. Es gab Menschen, die ich nur zum Festival auf dem Jahrmarkt traf, aber jedes Jahr. Während eines Festivals arbeitete ich auch in dem Gymnasium, in dem die ganzen Tänzer aus dem Ausland übernachteten. Ich mußte dasitzen und aufpassen, ob die Tänzer was brauchten. Ich lümmelte in einem Stuhl im Lehrerzimmer, las Nietzsche, hoffte, daß ich so die Liebe meines Lebens treffen würde. Wie naiv ich war, wie einsam. Fast jedes Festival fand ich ein Mädchen für eine Nacht, aber das war es nicht, was ich suchte. Als ich damals zum Festival hinunterging, es schien gerade die letzte Sonne, hatte ich, als ich das Piratenschiff anblickte, das Gefühl, daß außerhalb meines Sichtfelds Nebel herrschte. Wenn ich nicht traurig bin, kann ich stundenlang Menschen anschauen. Andere Menschen anschauen und Jazz hören hat viel Ähnlichkeit miteinander. Die Frau, die ich jetzt liebe, haßt Jazz. Vor Jahren hatte sie eine Art kleine Liebesgeschichte mit einem Tänzer aus Spanien auf dem Festival. Auf dem letzten Festival haben wir uns getrennt und danach wieder angefangen. Es war sehr schmerzhaft. Wie Menschen kann auch Jazzmusik plötzlich gewalttätig oder rassistisch sein. Sie kann sich auch sehnen. Und wütend sein. Ich sehne mich nach meinem Vater. Nach meiner Kindheit. Nach lebendigen und toten Menschen, ganz egal. Nach einem Menschen.

Die Originalausgabe erschien 2003 unter dem Titel
Sipurei mot iri bei OV – Z. A. P., Tel Aviv.

FSC
Mixed Sources
Product group from well-managed
forests and other controlled sources

Cert no. GFA-COC-1223
www.fsc.org
© 1996 Forest Stewardship Council

Verlagsgruppe Random House FSC-DEU-0100
Das FSC-zertifizierte Papier *Munken Print*
für die Sammlung Luchterhand liefert
Arctic Paper Munkedals AB, Schweden.

1. Auflage
Deutsche Erstausgabe

Satz: Greiner & Reichel, Köln
Druck und Einband: Clausen & Bosse, Leck
Printed in Germany
ISBN 978-3-630-62105-0

www.luchterhand-literaturverlag.de